비행기 엔진 소리
또 침을 삼킨 후의 말들

비행기 엔진 소리
또 침을 삼킨 후의 말들

정선엽 장편소설

The sound of
the plane engine and
the words after
swallowing saliva

written by Jeong Sunyeop

1

만화책 빌리러 집 앞에서 길 하나 건너면 있는 상가에 갈 때가 있어요. 거기 2층 한쪽 구석에 자주 들르는 대여점이 있거든요. 대부분은 별로 따지고 들 것도 없이 그냥 간단하게 지난번에 빌렸던 것에서 이어지는 후속 시리즈를 여러 권 골라서 나오면 되는데, 어쩌다 가끔씩은 전혀 다른 걸 들고 나올 때가 생겨요. 처음엔 의식하지 못 했는데 나중에 보니까 서너 달에 한 번씩은 꼭 그러는 것 같더라고요. 분명히 만화책이 가득하게 꽂힌 책장들 쪽에 서성이면서 속으론 이번엔 어떤 걸 보는 게 좋을까, 하며 꽤나 고심하는데 결국엔 그중에선 못 찾고 무라카미 하루키 북 섹션 앞을 허리를 잔뜩 굽힌 채로 기웃거리다가 아예 그쪽에 쪼그려 앉은 채로 한 권씩 한 권씩 눈에 띄는 대로 끄집어내고 마는 것이죠. 만화책을 빌리러 와 놓고 정작 대여점을 나섰을 땐 산문집들만 양손으로 떠받치고 가슴에 안은 채로 횡단보도를 건너게 되는 거예요. 맨 위에 위태롭게 놓인 게 잘못해서 아스팔트 바닥으로 떨어지지 않도록 조심하면서요. 현관문을 열고 들어오면 가장 잘 보이는 자리에 그것들을 차곡차곡 쌓아둬요. 창문과 라디에이터 가까이에. 대여점에 대해선 절대로 불만이 없지만, 걸어서 갈 수 있는 거리에 있는 것만으로도 고마운 일이지만, 딱 하나 그가 쓴 산문집들은 현재보단 좀 더 나은 자리에 배정됐으면 하는 바람은 가지고 있어요. 어쨌거나 만화책을 전문으로 하는 곳이니까 그런 줄 알고 있긴 하지만 그래도 구석으로 밀어 넣은 것까진 그렇다 쳐도 8단짜리 책장 맨 밑에 놔두어서 코난 정도의 명탐정이 아니라면 어지간해선 찾기 힘든 곳에 책등만 겨우 보이도록 꽂아둔 건 아무래도 너그럽게 이해되는 편은 아니니까요. 책장과 책장 사이가 상당히 비좁아서 바닥에 양쪽 무릎을 온전히 대지 않고선 발견해내는 것 자체가 어렵거든요. 하루키의 책들이 그 대여점에 입고돼 있다는 사실 자체를 모르고 있는 단골들도 아마 적은 수가 아닐 거예요. 아무튼 그래서 그런지 우리 집에서 머무는 동안만이라도 내가 가장 좋아하는 자리에 놓이게 만들고 싶어요. 보통은 이케아에서 산 철제로 된 스툴에 그것들을 쌓아두는데, 그런 다음에는 그냥 틈틈이 읽습니다. 창문을 열어두고 저녁 공기 냄새를 맡으며 벽에 등을 기댄 채 빌린 것들 중 아무거나 한 권 집어서 아무데나 펼쳐 몇 장 읽는 식이에요. 침대로 가져가서 매트리스에 눕거나 엎드린 상태로 보기도 하고, 포인트를 구매해서 보는 최신영화가 너무 재미없으면 중간에 꺼버리고 대신 스툴 위에 쌓인 것들 중에 하나를 집어 들기도 하고, 양치질을 하면서 반쪽이나 한두 장 정도 넘기다가 아무 일도 없었다는 듯이 덮어버리기도 하고요. 처음부터 끝까지 다 읽어치우는 경우는 없었던 것 같아요. 그런 식으로 아주 게으르게 빈둥거리며 마음에 드는 문장이 나오는 페이지를 찾아서 마구 뒤적거리다가 반납해야 하는 날짜가 오면 그대로 갖다줘버립니다. 아직 반의반도 못 봤더라도 미련 따윈 하나 없이. 이래놓고서 몇 달 후면 또다시 똑같은 행동을 반복하는 거죠.

    궁금한 점이 또 생겼는데요.

    이유 같은 걸 물어봐도 소용없을 거예요. 나도 모르니까.

✈︎ 비행기 엔진 소리 또 침을 삼킨 후의 말들

혹시 지금 그걸 빌려놓았기라도 한 건가 해서요. 이른바 하루키 산문집 세트.

때마침요.

한두 권 챙겨서 가방에 넣어왔겠군요.

그럴까도 했었어요. 만약 다른 데 가는 것이었다면 아마도 틀림없이 그랬을 거예요.

무척 좋아하고 있나 보네요.

산문집 같은 건 그리 좋아하는 편이 아니에요. 사실은 그 반대에 가까워요.

예외인 거네요.

특별한 것 같긴 합니다.

꾸준하게 동일한 책들을 계속해서 빌릴 거면 차라리 서점에서 구입한 다음에 개인 책장 같은 데에 잘 보이도록 꽂아두는 것도 괜찮을 텐데. 어차피 또 볼 테니까요.

그건 그래요.

번번이 대여비가 좀 아깝기도 하고.

세 번이나 네 번만 대여하는 걸 멈추고 원래 같으면 지불해버렸을 비용을 모으면 서점에서 정가대로 새 책을 살 수 있을 거예요. 운이 좋다면 아직 단 한 번도 누군가에 의해

책장이 들춰진 일이 없는, 인쇄소에서 출력한 종이들을 이제 막 제본까지 해서 내놓은 것 같은 냄새를 간직한 책을 건질 수도 있겠죠. 그런 책들은 평평한 매대에 앞표지를 위쪽으로 한 상태로 가지런하고 반듯하게 놓여있거나 서고 쪽에 책등만 노출한 채 들어가 있더라도, 무릎 같은 건 전혀 꿇지 않아도 얼마든지 잘 보이는 곳에 있을 거예요.

  그렇지만 왠지 안 그럴 테죠. 하려고 했으면 진작 했을 테니까.

  앞으론 그렇게 할지도 몰라요. 그럴 마음이 없는 건 아니거든요.

  에이. 아닐 것 같은데.

  구매해서 집에 놔두면 언제라도 볼 수 있고 또 그쪽으로 비용이 더 이상 들어갈 일도 없어서 여러모로 편할 것 같긴 한데 얼마 못 가서 그 책들이 내겐 무거운 짐 같은 존재로 변하고 말 거예요.

  하루키가 쓴 산문집들이라도요?

  아무리 그가 쓴 것들이라도요.

  그렇군요.

✈ 비행기 엔진 소리 또 침을 삼킨 후의 말들

상가 한쪽 귀퉁이의 오래된 만화책 대여점에 가서 한쪽 구석으로 밀려나 있는 하루키의 책들을 잔뜩 빌려 땅바닥에 끌리는 수다스러운 슬리퍼 소리를 들으며 집으로 느릿느릿 천천히 걸어갈 적에 드는 감정이나 생각 같은 것들이 있어요. 대여점에 직접 걸어가서 빌려온다는 건 그런 것들이 전부 포함되는 것 같아요. 슬리퍼소자도.

아무에게도 방해받지 않고 가만히 혼자만 있을 수 있는 시간이 있잖아요. 이때만 하루 일과 중에 느슨하게 시곗바늘이 움직이는 것 같아요. 그렇게 해서 생겨난 틈새는 어떤 걸로 채워 넣어도 충분할 만큼 공간이 넓고요.

그래서 할 수만 있다면 잃고 싶지 않아요.

어떤 슬리퍼인지 너무 보고 싶네요.

쿠션이 없어서 뛰거나 오래 신고 있으면 아파요. 벗겨지지 말라고 발등을 덮고 있는 형광 빛이 맴도는 연두색의 네모난 플라스틱과 합성으로 만들어진 고무 조각은 상당히 빳빳하고 딱딱해서 방심하다간 피부 껍질이 사정없이 벗겨져버리는 상처가 생기기 쉽고요.

그런 이유로 닿는 부위를 조금씩 조정해가며 살살 달래주듯이 신고 다녀야 하는데, 그러면 의외로 밑창이 아스팔트나 보도블록 같은 바닥에 닿을 적마다 꽤 들을 만한 소리를 내기도 하거든요. 단둘이서 뭔가 오랫동안 수다를 떨고 싶어질 만큼. 이를테면 둘만이 공유하고 있는 어떤 비밀 같은 것들에 관해서요.

어떤 건지 조금은 알 것도 같은데요.

모처럼의 장기휴가에 어째서 다른 도시들 말고 홍콩으로 가고 싶었던 건지 나한테 물었던 거였는데 딴소리만 해버린 셈이 됐네요.

재미있었는걸요. 그런 대답을 기대했던 건 아니었지만 뭔가 다른 쪽으로 제대로 된 얘기를 들려주는 것 같은 느낌이었거든요.

그냥 불쑥, 하고서 하루키의 책들이 떠올랐던 거였어요. 평소 같으면 그런 건 뒤쪽으로 휙 넘겨버리고 곧 이어서 떠오르는 생각들이 어떤 건지 차분하게 기다렸다가 그중에 이거다 싶은 걸 선택해서 입 밖으로 꺼내게 되는데 이번엔 그러는 게 불가능했어요. 이상한 일이지만 거기서 딱 모든 게 정지해버린 거라고

✈ 비행기 엔진 소리 또 침을 삼킨 후의 말들

해야 할까. 그것 말고 다른 생각들이 더는 머릿속에 채워지지 않는 것 같았어요. 공간은 5톤짜리 트럭이라도 들어갈 수 있을 만큼 넉넉했는데도 불구하고 말예요. 기다려 본다고 해도 이 상태로는 뭔가가 새롭게 유입될 것 같은 예감이 조금도 들지 않았어요. 할 수 있는 최선의 대답을 해주고 싶었지만 그 순간에 내 안에 온통 들어있는 건 오직 그것뿐이었어요. 이따금씩 소리를 내는 슬리퍼를 끌고 텔레비전 볼륨이 크게 맞춰져있는 낡은 대여점에 들러 하루키 산문집을 빌리곤 한다는 그 습관에 관한 거요. 시간이 걸리더라도 모범답안 같은 게 만들어질 때까지 입을 다물고 있어도 되긴 했을 테지만 어쩐 일인지 일단 그것만이라도 들려주고 싶었어요. 빠져나올 수 있는 길을 알고 있지 않으면서도 강하게 끌어당기는 정체를 알 수 없는 어떤 힘 때문에 안전한 출구가 보장되지 않은 어두운 숲속으로 발을 들여놓으며 무슨 방법이 있겠지, 하고서 마음먹는 것처럼 말이죠. 아직 나도 잘 모르겠어요. 설명하기가 어려워요. 어째서 그랬던 건지 말예요.

알겠어요.

네.

목에 걸고 있는 헤드폰, 소중한 모양이군요.

왜 그렇게 생각하는지 궁금한데요.

척 보고 알았어요. 몇 번이나 그쪽으로 손을 올려서 조심스럽게 만지작거리던걸요. 마치 멋모르고 높은 어깨 위로 올라와서는 밑으로 떨어질까 불안해서 오른쪽 귓가 쪽으로 살며시 기대고 있는 아기 고양이를 다정하게 쓰다듬어주는 것 같았어요. 안전하고 편안한 기분이 생겨날 수 있도록요.

블루투스 스위치를 눌러본 거였어요. 그래도 몇 번은 아닐 테고 아마 한두 번 정도.

절대로 한두 번은 아니었던 것 같은데.

두세 번으로 바꿀게요.

주변에 음악을 연결할 수 있는 어떤 기기라도 있는지 확인해보는 건가요? 어느 건물에 들어서면 무료로 와이파이가 잡히는지 핸드폰을 꺼내서 확인하는 것처럼.

소리가 들리는 경우가 있거든요.

✈ 비행기 엔진 소리 또 침을 삼킨 후의 말들

음악?

어떤 소리예요.

2

나아졌네요. 침을 삼키니까.

확실히 효과가 있어요.

우리가 앉은 좌석이 날개 쪽이 아니었다면 목소리가 더 잘 들릴 수 있었을 거 같은데. 조종실 쪽이나 차라리 꼬리와 가까운 부분. 이건 마른침을 삼키는 것처럼 혼자서 해결 가능한 일이 아닌 것이겠죠.

바꿔달라고 부탁하면 혹시 될지도 몰라요. 아직 휴가철이 되려면 멀었으니까 좌석에 여유분이 있을 거예요.

이젠 완전히 적응이 돼버린걸요. 비행기 엔진 소리 또 침을 삼킨 후에 하는 말들에.

밀크티 같은 것으로 마실 걸 좀 가져다 주실 수 있는지 물어볼까 하는데, 혹시 생각 있으면 한 잔 더 달라고 할게요.

불이 꺼졌어요. 소등시간인가 봐요.

어두워졌군요. 꼭 필요한 것만 남기고.

아 미안해요. 그럼 나도 같이요.

그래도 화장실은 찾아갈 수 있을 만할 정도로는 남아 있네요.

그래요. 딱 그 정도로요.

✈ 비행기 엔진 소리 또 침을 삼킨 후의 말들

3

 내 손 말이에요. 가끔 자기 맘대로 움직일 때가 있거든요. 오른손, 왼손 양쪽 다. 표현하긴 힘들지만 그럴 땐 마치 이런 기분이에요. 손목에서 손가락 끝까지 이어지는 모든 핏줄이 영문 모르게 혼자서 꿈틀꿈틀 대면서 바로 근처에 있는 근육과 힘줄과 피부를 자기 쪽으로 마구 잡아당기는 느낌.

 눈치 채지 못 했어요.

 실제로는 그런 순간이 와도 표면적으론 내가 방금 표현한 수준보단 경미하긴 해요. 어떨 땐 거의 눈에 띄지 않는 적도 있으니까.

 그렇지만 외부로 보이는 것과는 상관없이 아주 분명하고 크게 느낄 수 있는 것이군요. 도무지 신경이 쓰여 집중하기 힘들 만큼.

 연주가 불가능할 만큼.

 그 정도였군요.

 음악을 했었어요. 클래식 기타라는 악기로.

 알함브라 궁전.

 제일 유명한 곡들 중에 하나죠.

 다른 건 잘 몰라요. 베이스 기타 소리를 듣는 건 좀 좋아해요.

듣는 거 있어요?

퍼겟미 노츠. 패트리스 루셴의 곡. 마틴 게릭스의 서머데이즈. 록밴드는 엑스재팬 베이시스트 타이지를 좋아해요. 그리고 뮤즈의 타임이즈 러닝아웃, 퀸의 어나더원 바이츠 더 더스트.

이렇게 줄줄 읊을 줄은 예상 못 했네요.

바이올린보단 첼로, 소프라노보단 알토, 테너보단 베이스, 일부러 의도하는 것은 아니지만 취향이 그쪽으로 형성이 돼버린 것 같아요. 높은 쪽보단 좀 낮은 쪽으로. 그래서 기타도 마찬가지예요.

진심으로 베이스 기타를 하고 싶었던 적도 있었어요. 클래식 곡들로만 연습하는 게 지겨워지면 밴드 앨범을 찾아서 헤드폰을 쓰고 볼륨을 크게 틀어놓고 들었거든요. 가장 구석지고 깊은 곳에서 울려나오고 있는 둥둥거리는 베이스음을 듣고 싶어서 말예요. 만약 우리 학교에 실용음악학과가 있었다면 어쩌면 전과를 해버렸을지도 모를 정도로 푹 빠졌었어요.

제법 어울리는데요.

✈ 비행기 엔진 소리 또 침을 삼킨 후의 말들

콩쿠르라는 말 들어본 적 있을 거예요.

네. 뉴스 기사 같은 데서.

매우 중요해요. 콩쿠르는. 클래식악기를 하는 사람들에겐 그걸 떼어놓는 게 불가능할 정도로. 어릴 적부터 줄곧 예술학교를 다녔어요. 대학교도, 예술대학에 클래식 기타를 주 전공으로 들어갔고요. 나중엔 학과장 교수님이 써주신 추천장을 들고서 유학도 갔어요. 국제대회에 참가한 건 그 즈음부터 본격적으로 하기 시작했던 것 같아요. 연습하는 것밖에는 없었어요. 수십 페이지 되는 악보집을 전부 외울 수준으로 반복해서 연습했어요. 그럴 땐 문제가 있다는 느낌은 전혀 없었어요. 그러니까 연습은 아무런 문제가 없는 손가락을 사용해서 얼마든지 원하는 만큼 할 수 있었고 욕심이 나는 수준까지 도달하는 것도 노력하면 가능했어요. 내가 한 만큼 꽤나 정직하게 보상받는 것 같았다고 해야 할까, 그땐 하여튼 그랬어요. 그러니까 처음부터 그랬던 건 아녜요. 어느 날부터 갑자기 그랬던 거였어요. 잠깐 그러고 말겠지 했는데 그렇지 않았던 거죠. 고쳐

지지 않았어요. 무작정 기다려보아도, 심리치료를 받고 약을 먹어도, 할 수 있는 것들을 하나씩 지워가며 아무리 노력해도 안돼요. 전공자들은 국내외에서 열리는 콩쿠르 같은 데서 입상하는 게 중요한데 그건 사람들 앞에 나서서 해야 하는 일이거든요. 그럼 안 해, 하고 거절해버리면 되는 문제가 아닌 것이죠. 손 때문에 걱정이 되긴 했지만 어쩔 수 없었어요. 개인사정을 얘기해서 운 좋게 관객이나 관계자들을 다 내보낸다고 해도 심사단 앞에서 만큼은 반드시 연주해야 했으니까요. 냉정하게 점수가 매겨지는 평가를 받아야 하는 자리니 누군가가 앞에 있는 게 사실 당연한 거겠죠. 한번은 역사가 꽤 깊고 거기서 상을 받았다고 하면 다들 직접 들어보지 않고서도 실력을 인정해줄 만큼 권위 있는 국제 대회였는데도 딱 두 명만 심사단 지정석에 앉아 있었던 적이 있어요. 관중석엔 아무도 없었어요. 너무 적어서, 내가 오히려 이래도 되나 싶었어요. 그때의 실내조명과 의자의 높이와 발 받침대의 감촉, 그리고 사운드와 공기의 울림 같은 게 아직 생생

해요. 그게 마지막 콩쿠르였기 때문에 정확히 기억해요. 두 명이면 무대와 객석이 완전하게 텅 빈 것이나 마찬가지죠. 누가 봐도 날 배려해준 거였어요. 참가자 중에서 누군가는 주최 측에 강하게 항의를 할 법도 했죠. 공정하지 못하다고 말이죠. 그런데 웃긴 건 정작 나 자신은 그것조차 감당하기 힘들었어요. 대회 참가자들 눈을 똑바로 쳐다보기도 민망할 정도로 특혜를 받은 터였음에도. 말도 안 되게 잘못 쳐버렸다, 라는 연주자들의 흔한 푸념에 도저히 낄 수도 없을 정도로 난 무대에서 철저하게 망가졌어요. 손끝에 힘을 실어 줄을 제대로 누르지 못 했고 다른 쪽 손으로도 기타를 갓 배우기 시작한 초보들이 하는 실수를 저질렀어요. 결국 끝까지 해내지 못 하고 중간에 아예 멈추고 말았어요. 최악이었어요. 중도포기 선언은, 뭐 그래봤자 가족이나 학교 선생님들이나 동기 선후배들 같은 주변에 자주 접촉했던 사람들이 알게 되는 정도였지만, 시간상으론 좀 더 나중이었긴 했지만 사실 마음속으론 그때 콩쿠르가 열렸던 아트홀에서 단념했던 것 같아요. 그날 시종일관 친절하게 나를 대해준 심사위원의 진심이 전해지는 위로를 받고 그 무대에서 내려와 기타를 끌어안고 대기실 카우치에 앉아있는 동안에요. 사진 일을 하게 된 건, 그런 일이 있고 나서부터예요. 일단 사람들이 직접 보는 앞에서는 하지 않는 일이어야 했어요. 사실 그게 가장 중요한 조건이었던 셈이겠죠. 그 무렵의 나한테는. 사진은, 다들 잠을 잘 때 혼자서도 가능해요. 그들이 하품을 하며 기지개를 켜고 눈꺼풀을 겨우 들어 올릴 때쯤엔 눈앞에 어느새 짠, 하고 완성돼 있는 것이죠. 마치 밤사이에 산타클로스가 정성껏 포장한 선물을 굵은 실로 짜인 커다랗고 빨간 양말 속에 집어넣고 소리 없이 떠난 것처럼.

요즘도 치나요?

아뇨.

전혀?

전혀.

알겠어요.

한동안 레슨은 좀 했어요. 그만뒀다고 주변에 알렸는데도 예대 신입생 시절부터 입

시생들 대상으로 한 레슨은 꾸준히 해서 그런지 알음알음으로 일거리가 끊이지 않고 들어오더라고요. 별로 내키진 않았지만 나중엔 꽤 적극적으로 하기도 했던 것 같아요. 그래도 여러모로 상당한 도움이 됐으니까요. 갑자기 다른 일을 해서 수입을 만드는 게 엄두가 잘 나지도 않았고, 우선은 다른 일을 찾을 때까진 이거라도 계속 이어가보자, 하는 작정이었죠.

 잘한 결정 같은데요.

 의외로 오래 걸리진 않았어요. 종류만 해도 만 가지가 훌쩍 넘는다는데 그중에 대체 어떻게 직업을 고른담, 하는 식으로 접근하니까 도저히 답이 없더라구요. 그래서 밖에서 찾아보는 걸 멈추고 대신 내 자신을 꼼꼼히 들여다보기로 했어요. 나도 모르는 사이에 살면서 내 속에 어떤 것들이 들어와 있나, 하고서. 음악과 관련된 것들을 하나둘씩 밖으로 들어내고 나니까 안쪽에 남아 있는 건 그리 많지 않았어요. 빛바랜 구석 하나 없는 오래된 사진이 구김이나 찢어진 부분 없이 비교적 온전한 상태로 놓여있는 게 보였고 그쪽으로 깊숙하게 손을 집어넣어 그걸 붙잡았어요.

　　　이거다 싶었던 거군요.

　　　예전에 가볍게 스쳤던 게 기억나더라고요. 잠깐 사진예술에 대해 배운 적이 있었거든요. 일주일 정도에 걸쳐서요. 교양수업이었으니까 일주일이라고 해도 현장에서 직접 실습해 봐야 하는 과제를 제하면 강의실에서의 본 수업은 두 시간밖에 되지 않는 거긴 해요. 수업 자체가 예술에 속한 여러 다양한 장르들을 살짝 맛만 보는 수준으로 짤막하고 간단하게 접해보는 시간이었는데 그중 하나가 사진이었던 거예요. 학교에 사진학과가 따로 있었던 건 아니라서 사진과 그나마 조금이라도 연관 있는 수업은 그게 전부였어요. 사실 그 수업은 내가 자발적으로 선택한 건 전혀 아니에요. 예대 안에 개설된 선택과목일 뿐이었고 안 들어도 되는 거라서 당연히 안 들으려고 했던 것이었어요. 그 시절의 난 이왕이면 전공 관련 수업으로만 수강 시간표를 가득 채우고 싶었거든요. 꼭 기타가 아니더라도 음악과 관련된 것들로만요. 그런데 입학해서 처음 교제하고 있

비행기 엔진 소리 또 침을 삼킨 후의 말들

던 아이가 그걸 듣겠다고 고집을 피우는 바람에 억지로 수강신청을 한 거였어요. 아깝게 시간 낭비를 하게 돼버렸다는 생각 때문에 미간을 잔뜩 찌푸리면서도 일단은 하는 수없이 했어요. 그런데 상당한 시간이 지나 보니 이렇게 됐네요. 내 자신이 조금도 의심 없이 대부분의 시간을 쏟았던 건 더 이상 하고 있지 않고 그 대신 이런 걸 듣는 건 너무나 시간낭비야, 하고 확신한 걸 매일 하고 있어요. 정말 알 수 없는 일인 셈이죠. 나중에 그날 있었던 수업을 떠올려보니 그 한 장의 사진을 보며 감탄했던 것 같아요. 어쩌면 입 밖으로 탄성을 냈던 것인지도 모르죠. 아주 작게. 그날 수업에서 봤던 사진은 이젠 머릿속에서 형체를 알아볼 수 없게 흐릿해졌지만 내게 어떤 인상이었는지는 아직 떠올릴 수 있어요. 어느 알 수 없는 장소에서 혼자 카메라를 양손으로 안정적으로 쥐고 내가 강의실에 앉아 지금 보고 있는 사진을 찍고 있는 모습, 귓가에 울리는 크기는 작지만 뚜렷한 셔터음, 쿠션이 좋으면서도 날렵한 운동화를 신고서 작업을 마친 다음에 또다시 어딘가로 향해 조용하게 걸어가는 뒷모습, 말하자면 대강 이런 것들이었어요. 그런 일이 왜 나한테 일어났는지 아직 잘 모르겠어요. 어쨌거나 그냥 한 장의 사진이었을 뿐인데. 그 당시의 나 자신이라면 그 정도에는 눈물이 그렁하게 맺힐 만큼 크게 하품을 하면서 대수롭지 않게 턱, 하고 넘겨버리고도 남았을 텐데. 우연한 일들이 일어났고 선택해야 하는 순간들이 덩달아 생겼어요. 아마도 그것들이 나를 여기로 데려다 놓은 것이겠죠. 내 자신이 단 한 발짝이라도 들여놓을 거라고 예상조차 하지 못 했던 곳으로요. 눈길조차 준 적 없는, 절대로 내 것이라고 여겨본 적이 없는 세계로요. 카메라를 챙겨서 비행기에 올라타 창밖을 내다보면 가끔 그런 생각이 들 때가 있어요.

    낯선 세계인 거군요.

    어느 시절엔 상상조차 불가능했던 곳이죠.

✈ 비행기 엔진 소리 또 침을 삼킨 후의 말들

4

한동안은 고집스럽게 유선이어폰만 사용했던 적이 있거든요. 남들은 전부 무선으로 갈아탔는데 말예요. 사실 너무 편리해보이긴 했어요. 양손이 완전하게 자유로워 보였거든요. 유선인 경우에는 어떤 경우엔 줄이 걸리적거리는 순간이 생기는데 그러면 손을 사용해서 번번이 걷어내야 했으니까. 그런데도 유선이어폰이 훨씬 더 좋았어요. 다른 건 아니고 그냥 디자인적인 느낌이 그랬습니다. 아주 가느다란 줄이 있다는 것과 내가 좋아하는 색깔이 들어가 있는 것 그 자체로요. 그리고 이건 최면이라도 걸듯이 스스로를 합리화시킬 때 많이 써먹었던 것이긴 한데, 어떤 악조건 속에서도 음이 끊어지지 않는 건 아날로그 방식만이 가진 대단한 장점이라고 믿었어요. 둘 다 사용해보면서 비교해본 일도 없고 또 실제론 꼭 그렇지도 않을 텐데 말이죠. 손으로 줄 걷어내는 것 같이 약간 불편한 점은 얼마든지 감수하겠는데 왠지 시대에 뒤떨어진 사람이 된 것 같다는 생각이 들 때가 있긴 했어요. 그러면 고민했죠. 눈치가 보이더라도 내 눈에는 디자인적으로 더 근사해 보이는 유선이어폰을 계속 고집할 것인가, 하고서 말예요. 근데 그 고민은 아직도 계속 되고 있긴 해요. 결론을 내리지 못 했거든요. 그리고 만약 지금 당장 둘 중에 하나를 선택하라고 한다면 아직도 당연하게 유선 쪽을 집어들 것 같기도 하고요. 그러니까 적어도 아직까지는 그래요. 하여간 그러던 중이었는데 문득 이참에 헤드폰을 한 번 사용해보면 어떨까, 하는 생각이 들었어요. 헤드폰은 줄 같은 게 달려있지 않아도 이상하게 보이지 않았거든요. 디자인적으로도 충분하다고 느껴졌어요. 오히려 헤드폰은 줄이 없는 게 더 나은 것 같기도 했고요. 웹 스토어로 해결할 수도 있었지만 전문매장에 들러 비슷한 가격대의 여러 제품들을 하나씩 머리에 써보면서 직접 비교해보는 게 좋겠다 싶어 오디오 사운드를 취급하는 가게를 찾아갔죠. 첫눈에 딱 보자마자 이거다 싶은 게 있었는데 우선은 안내해주는 점원에게 티를 내지 않고 꾹 참고 추천해주는 제품들은 전부 다 사용해봤어요. 블루투스 기능이 들어가 있지 않은 건 이

비행기 엔진 소리 또 침을 삼킨 후의 말들

젠 하나도 안 나오는 것 같았어요. 역시 처음 눈에 들어왔던 게 제일 마음에 들었어요. 디자인도 심플했고요. 브랜드 레터링이 정중앙에 큼지막하게 붙어있지 않은 점이 특히나.

그런 걸 오히려 선호하는 사람들도 있는데.

티셔츠도 아무런 레터링이 없는 것만 입는 편이거든요. 그래도 가끔씩은 영문 레터링이 있는 것에 혹해서 덥석 구매하는 경우가 생기는데 결국 몇 번 입지 못 한 채로 서랍 깊숙한 곳에 넣어두게 돼버리더라고요. 그걸 알면서 비슷한 걸로 또 사서 내팽개치고. 그렇게 반복하다 보니까 내 취향이 어느 쪽인지 감을 좀 잡을 수 있게 되는 것 같았어요. 처음부터 알았더라면 더 좋긴 했겠지만.

그래서 이것인 거군요. 매장에서 첫눈에 이거다, 싶었던 헤드폰이 말예요.

결국엔 애초에 지출을 각오했던 금액보다 거의 두 배 가까이나 더 주고서 사버렸습니다.

몰랐나 보군요. 원래 그렇게 되는 법인데.

카드를 내밀면서도 이래도 되는 걸까,

스스로를 의심하면서 혹시 모르니까 영수증을 잘 챙겨뒀던 기억이 나요. 만약 사놓기만 하고서 실제로 사용하지 않는다면 너무 아깝다는 생각이 들었겠지만 다행히 잘 쓰고 있어요.

 사운드가 어떨지 궁금한데요.

 악기들 소리가 뭉개지지 않고 잘 나뉘어져 있어요. 베이스가 특히요.

 땅땅거리고 둥둥거리는 소리.

 비율로 보자면 음악을 듣는 쪽이 훨씬 더 커요. 그 소리는 꼭 그 장소에 있을 때가 아니면 들을 수가 없었으니까. 그때 오디오 사운드를 전문으로 취급하는 매장에 갔을 적에, 한편으론 현재 가지고 있는 이어폰보다 좀 더 나은 음질을 들려줄 수 있는 기기로 내가 평소에 좋아하는 것들을 들어보면 어떨까 하는 마음도 있었어요. 특히나 류이치 사카모토나 일루비움의 음반들 그리고 록밴드의 베이스 라인을 염두에 두면서요. 아마 이런 것까지 합쳐져서 꽤 큰맘을 먹게 됐었나 봐요. 평균적인 가격으로 보면 블루투스 헤드폰이 유선이어폰보다 좀 더 비쌀 테지만 그래도 상당한 수준으로 즐길 수 있는 것이면 괜찮겠다고 생각한 거였죠.

왠지 상상할 수 있는 것보다 더 값이 나간 것인가 본대요.

그래서 더 열심히 사용해야 돼요. 매일 아침에 눈을 뜨면 그렇게 다짐하고 있어요. 헤드폰을 쓰자, 헤드폰을 쓰자.

그 소리, 그 장소에서만 들을 수 있는 것이군요. 콘크리트 방파제가 있는 곳이요.

사실 해안가 전부가 테트라포드로 덮혀 있기는 해서 그게 특징적인 건 아니에요. 단지 파도가 치고 있는 바로 앞까지 걸어서 접근할 수 있느냐 하는 점에서 차이가 나는 것뿐이니까요. 그러니까 그건, 실제로 해보지 않고선 알 수가 없어요. 먼발치에 서서 고개를 들어 바라보기만 해서는 어느 곳도 도무지 접근이 불가능한 것처럼 여겨지거든요. 구조물 날개 하나하나가 생각보다 훨씬 더 크고 표면이 둥글기 때문이고 아무튼 가까이서 보면 겁부터 나요. 맨 정신인 상태에서 이성적인 판단으로는 그 위에 올라가는 것도 쉽지 않고 거기서 또다시 파도가 발밑을 첨벙거리게 적실 수 있는 곳까지 다가서는 것은 가능해 보이는 일이 아닌 것이죠. 짧은 구간이라고 해도 얼기설기 돼있는 테트라포드 더미가 최소한 10미터는 이어져 있거든요. 그 사이사이는 기상이 안 좋을 때면 파도가 솟구쳐 오르기도 하는, 밑이 뚫려있는 공간이고요. 잘못하다간 그대로 물속으로 추락할 수도 있어요. 방심하지 않고 아주 주의를 기울인다 해도 그런 일은 충분히 벌어질 수 있는 것이죠. 젖어있는 상태이기도 하지만 녹조 같은 게 엷게 끼어서 워낙 미끄러우니까.

 머리에선 불가능하니까 하지 마, 라고 명령한 일을 직접 해본 셈이네요.

 우연하게 알게 된 거였어요. 내가 일하고 있는 작업장과 그렇게 멀리 떨어져있진 않았거든요. 마음만 먹는다면 얼마든지 걸어서 갈 수도 있는 거리예요.

 다른 사람도 알고 있어요? 함께 작업하는 동료들이라든가 아니면 또 다른 누군가라든가.

그 장소는 여간해선 찾기가 어려울 거예요.

　　소리에 대해서도 모르겠군요.

　　누구에게도 말한 적이 없어요.

　　그렇군요.

　　웬만한 사립 대학교 정문보다 가로 폭이 더 넓은 출입 게이트를 막 빠져나온 뒤에는 무리에 섞여 거의 자동으로 해안을 따라 길을 걷게 돼요. 두세 걸음쯤 앞에 가는 작업자들의 손가락 사이에서 피어오르는 담배 연기를 충분하게 마시다보면 셔틀버스가 정기적으로 멈춰서는 정거장이 나오고 거기서 제법 거리가 떨어져있는 한 지점이 눈에 들어오곤 하는데, 길가에 있는 간이매점에서 팥 양갱이라도 하나 사서 한입 베물며 그쪽을 향해 꽤 긴 시간 동안 고개를 들고 있어도 어느 누구도 그곳에 뭐가 있느냐고 물어온 사람들은 없었어요. 그 정도는 솔직하게 대답해줄 수도 있을 텐데. 시선이 닿는 그곳은 어떠한 움직임도, 색의 변화도 없이 모든 게 정지한 상태이고 형태가 있는 것이라도 선이 분명하지 않고 물에 풀어진 것처럼 흐릿해요. 그쪽을 향한 채 제자리에서 가만히 숨을 들이쉬는 것만으로도 주위에 있는 것들의 일부가 몸속으로 들어온다고 느껴질 때가 있어요. 공기는 그중에 하나인 것이고요. 어쩌면 그것은 거리가 아주 멀리 떨어진 곳에서 내 손이 도저히 닿을 수 없는 것들을 직접 스치며 불어온 것일지도 모를 일일 거예요. 그러고는 귓가로 작은 소리들이 들려오기 시작하는데 어떨 땐 희미하고 또 어떨 땐 그보단 좀 더 확실하지만 크기라든가 간격이라고 할 만한 것은 대체로 일정한 편이었어요. 그 장소에 가기 위해선 포장도로를 벗어난 다음에 자갈과 모래가 뒤덮고 있는 곳을 가로질러서 작게 소리가 일어나고 있는 쪽으로 들어가야 해요. 콘크리트 방파제 더미 사이로 난 몹시 어둡고 좁은 틈새인 거예요. 거리를 멀찍이 떨어뜨려놓은 곳에서 바라보기만 해선 아무리 좋은 시력을 가졌다 해도 도저히 틈 같은 걸 찾을 수 없어요. 결국 그래 봐야 저기 저곳에는 아무것도 없을지 모른다는 불안감 같은 걸 어느 정도 품에 안고서 해안도로를 벗어나

비행기 엔진 소리 또 침을 삼킨 후의 말들

한참동안 직접 두 발로 그 앞까지 걸어간 다음 손을 뻗어서 닿을 듯이 바짝 다가서야 한 사람이 간신히 지나갈 수 있을 것 같이 보이는 입구를 발견할 수 있는 것이죠. 갈매기 병정들이 기척도 내지 않고 뛰어다니는 테트라포드 더미가 은밀한 검은 숲을 이루고 있는 그 장소의 한쪽 구석에서, 부서져서 일부밖에 남지 않은 물결이 자꾸만 워커에 닿는 지점에 올라서서 백팩을 열어 블루투스 헤드폰을 꺼낸 다음 접힌 부분을 펼쳐서 머리에 쓰고 페어링 버튼을 눌러요. 핸드폰이나 랩톱이나 그 어떤 것과도 연동시키지 않은 상태로. 말하자면 헤드폰 전원만 탁, 하고서 켜는 겁니다. 실제로 그런 식으로 탁, 하는 소리가 나는 건 전혀 아니지만요. 아주 작은 파란색 표시등이 깜빡거리기 시작하면 바로 알 수 있는 게 있는데 내가 언제나 기다리는 어떤 소리가 날 것인지, 안 날 것인지에 관한 거예요. 그건 예감 같은 걸로 알 수 있는데 금방이라도 뭔가가 일어날 것만 같은 미세한 기미가 있을 때가 있어요. 단단한 인공구조물에 파도가 세게 부딪히는 소리, 갈

매기가 내는 소리, 바람이 방파제를 휘감는 소리, 그런 것들이 외부에 잔뜩 있어도 아주 작은 기미를 뚜렷하게 알아차릴 수 있어요. 신호를 준다거나 특정한 소리가 있다거나 하는 것은 아니고 하여간 표면적으론 아무 일도 일어나는 게 아니긴 하지만, 집중하고 있으면 비교적 간단히 알 수 있는 것이죠. 이제 운이 좋다면 조금만 더 지나서 그 소리를 들을 수 있겠구나, 하고서 말예요.

    요즘도 여전히 들리는 건지 궁금한데요.

    소리를 듣는 건 어려운 일이 아녜요. 만약 지금이라도 그 장소에 서게 된다면 들을 수 있을 거예요. 틀림없이.

    한번 눌러 봐도 돼요?

    네.

    파란색 불이 들어왔어요.

    소리를 들었던 게 언제인지 아직까지 기억하고 있어요. 말하자면 최초의 순간 같은 것이니까 나한테는 꽤 강렬한 기억으로 남은 건가 봐요. 그날은 작업 중에 손목 쪽에 별로 대수롭지 않은 부상을 입어서 약국에서 화상

비행기 엔진 소리 또 침을 삼킨 후의 말들

에 바르는 연고를 하나 샀었거든요. 용량이 20밀리리터짜리로 사이즈가 아주 작고 튜브로 된 거. 점프수트는 속옷이랑 세탁기 안으로 던져 넣고 화장실로 들어가서 샤워기를 손에 들고서 냉수 쪽 수도꼭지만 돌려 살갗이 약간 타버려서 피부가 발갛게 된 반대쪽 손목에 가져다대고 있었어요. 처음엔 피부 안쪽까지 얼얼해질 만큼 너무 차가웠는데 시간이 좀 지나니까 내일 아침까지도 이대로 있을 수 있겠다는 생각이 들 정도로 괜찮아졌어요. 그대로 꼭 붙인 채 한 오륙 분쯤 있었는데 불현듯, 그곳에 지금 한번 가보자는 생각이 들었던 거였어요. 우연하게 알게 됐지만 작업장을 오가며 항상 밖에서 들여다보기만 했을 뿐이고 정작 안으로 들어가 보지는 못 했던 한 장소로요. 어째서 그런지는 모르지만 오늘이 아니면 영영 기회가 생기지 않을 거란 염려가 들기도 했었어요. 샤워를 마치고 줄을 잡아당겨 블라인드를 올려놓은 뒤에 창밖을 내다봤을 때 가로등에는 불이 들어와 있었고 여러 소리들이 귓가에 들렸어요. 머플러를 제거시킨 모터사이클의 엔진음, 어린아이의 울음, 멀리 떨어진 쪽에서 희미하게 나는 선박의 고동 같은 것들이었을 거예요. 블루투스 헤드폰과 스노보드 장갑을 가방에 챙겨 넣고 스쿠터를 타고 해안 쪽으로 곧장 갔어요. 높은 벽처럼 주위를 둘러싼 방파제를 손으로 짚으며 한 걸음씩 조심스럽게 발을 뗐고 거의 다 와서 가장 협소한 구간에선 아예 몸을 옆으로 돌려 가슴이 콘크리트 벽과 평행이 되도록 만든 상태에서 빠져나올 수 있었어요. 시야를 가리는 건 어떤 것도 없다. 난 어쩌면 내가 그토록 가고자 하는 곳에 나 자신도 모르는 사이에 이미 도착해 있다. 그게 그곳에서의 첫 인상 같은 거였어요. 형상들이 원래 가지고 있는 각각의 경계선이 어둠 속에서 이제는 거의 눈에 띄지 않을 정도로 흐릿했고 위와 아래, 먼 곳과 가까운 곳 구분 없이 모든 게 뒤섞여있었던 거예요. 어떤 곳은 완벽한 어둠이었기 때문에 아무것도 볼 수 없었지만 저 너머에 정말로 아무것도 없는 것은 아니었겠죠. 단지 내 시선이 그것을 뚫고 지나가지 못하는 거였어요. 잠시 후에 아무것도 연결하지 않은 헤드폰에서 어떤 소리가 나기 시작했을 때 같은 버튼을 빠르게 몇 번 눌러서 볼륨을 훨씬 더 키우려고 했는데, 실제로 볼륨이 커지는 일은 없었어요. 그 순간만큼은 볼륨을 조절할 수 있는 버튼 같은 건 달려 있으나 마나였거든요. 원하는 수준으로 마음대로 조절하는 게 불가능했어요. 이쪽에서 아무리 조절을 해보려고 해도 그쪽은 그쪽만이 가진 적당한 소리 크기라는 것이 있는 것 같았거든요. 내가 듣기엔 일관되게 조금 작다 싶었지만 이쪽으로 소리를 보내고 있는 쪽으로선 그 정도가 알맞았을 거예요. 그 이후부터는 매일 그곳을 찾았어요. 그 소리를 듣기 위해. 그런데 딱 한 번, 평소와 너무 달랐던 적이 있었어요. 마치 실수로 볼륨이 잘못 건드려져 플러스 쪽으로 확 돌아가 버린 것처럼 무척이나 순간적이고 짧았지만 이때까지보다는 훨씬 더 크고 또렷한 소리였습니다. 한 번도 그랬던 적이 없었는데 이번 건 꽤 명확하게 어떤 종류의 소린지 즉각적으로 알 것만 같았어요. 확신할 수 있을 정도였죠. 이전에도 혹시 방금 같은 소리를 들었던 적이 있었던가, 하고서 기억 속을 헤집어보기도 했는데 아무리 해도 찾을 수 없었어요. 그냥 단순하게, 아 한번 찾아봤더니 안 보이네, 하고 단념할 수도 있었겠는데 그땐 이상하게 그게 잘 안됐어요. 혹시라도 내가 놓치고 있는 건 없나, 한참이나 골똘히 생각해보게 됐었거든요. 결국은 어느 쪽으로든 결론을 내릴 수가 없었어요. 진짜로 없어서 못 찾는 건지 아니면 너무 깊은 곳에 들어가 있어서 도무지 손이 닿지 않는 건지 분간하기가 어려웠다고 해야 할까. 확실했던 건 처음 들어본 소리였다는 점이었어요. 그리고 그 소리가 무엇이었는지 분명하게 알 것 같았다는 점이었고요. 그러고 나서 내가 곧장 이어서 한 행동은 조금 전에 내가 들은 걸 따라서 말해보는 거였어요. 탄성이 귓가에 계속해서 뚜렷하게 맴돌고 있었으니까 기억을 되살릴 필요조차 없었고 그냥 들리는 대로 입 밖으로 뱉어버리면 됐던 건데도 잘 되지 않았어요. 재차 시도해도 마찬가지였죠. 발밑에선 파도가 크게 몰아치고 있었는데 그 소리가 내가 방금 입 밖으로 낸 어설픈 탄성들을 전부 삼키길 바랐어요. 센 바람에 모조리 흩어져버리는 것도 괜찮았어요. 그런 건 그럴 듯하게 흉내를 내 본다고 해서 되는 게 아니었던 거예요. 어떤 상황에, 혹은 무언가나 누군가에 진심으로 감탄해야 자연스럽게 나올 수 있는 것일 테죠.

 헤드폰에서 어떤 소리가 나는 것 같기도 해요. 양손을 펴서 손바닥을 귓가에 바짝 가져다대면 들려오는 소리 같이.

 이렇게요?

 네. 그렇게요.

5

사진기와 필요한 장비들을 챙겨서 미리 점찍어뒀던 장소에 도착하면 다리 길이를 각각 다르게 조절해서 삼각대를 땅에 세워요. 바닥이 평평하면 설치하는 게 아무래도 좀 수월하긴 하겠지만 거칠고 울퉁불퉁해도 상관없어요. 내 경우는 그리드라고 부르는 옵션 기능을 이용해서 우선 수평부터 맞추는 편이에요. 일정하게 간격을 띄운 직선들이 수평과 수직으로 각각 그어지는데 그걸 액정 모니터를 들여다보면서 다리 길이를 조절하면 손쉽게 할 수 있어요. 그런 다음에 모눈수첩에 그림을 그려가며 나름대론 정밀하게 설정해둔 구도에 따라서 본격적으로 작업하는 거예요. 차분하게 뷰파인더에 한쪽 눈을 가져다대고 셔터 버튼에 손가락을 올려서 찍기 시작해요. 필름으로 작업할 땐 시험 삼아 해보는 것도 아까웠고, 그래서 한 샷이라도 아끼는 게 당연한 것이었지만 이젠 특수한 경우가 아니면 대부분 디지털로만 작업하고 있어서 일단 찍으면서 맞춰가는 편이에요. 자연광을 선호하긴 하지만 여기선 플래시를 사용하는 게 도움이

✈ 비행기 엔진 소리 또 침을 삼킨 후의 말들

된다 싶으면 터트리기도 하고요. 도중에 미세하게 삼각대의 높낮이나 각도를 조정해야 한다면 그렇게 하기도 해요. 몇 번이 아니라 수십 번을 조정해야 하는 경우도 생기는데 그건 그날따라 운이 나쁘거나 일진이 단단히 꼬여서가 아니라 원래 그래요. 내가 하는 일의 모든 시작이 대부분 그런 식이에요. 거기까지가 내가 직접적으로 관여할 수 있는 파트인 것인데, 사실 그건 아주 일부분에 지나지 않죠. 내가 어떻게 해볼 수 없는 부분이 비교도 불가능하게 훨씬 크니까. 그래도 보통은 한 달, 못해도 2주 전부터는 일기예보를 들여다보면서 꼼꼼하게 계획을 세웠던 것이기 때문에 날씨도 웬만해선 마음에 들어요. 화창하거나 흐리거나 비가 오거나 전부 내가 예상했던 범위를 여간해선 벗어나지 않아요. 처음엔 그렇게 오차가 별로 생기지 않는다는 사실에 뿌듯함 같은 기분을 느꼈던 것 같아요. 그런데 시간이 지나면서 조금씩 변하기 시작해요. 균열이 생기고 흔들리는 거죠. 그러곤 전부 무너져 내리는 것이죠. 일단 그런 게 시작되면 걷잡을 수 없을 만큼. 무슨 말이냐면, 현관문을 열고 작업실을 나서기 전에 예상하고 있었던 건 현장에 나가면 다 사라지고 남아있지 않아요. 설령 붙들고 있다 해도 이런 건 하나도 쓸모없다는 걸 번번이 느껴요. 더 이상 의미가 없는 것이죠. 그곳에선 이전에 경험해보지 못 했던 완전히 새로운 걸 찍게 되니까. 만약 고집스럽게 내가 작업실에 앉아 구상한 것을 어떻게든 관철시키려고 든다면 상상했던 것과 거의 똑같은 이미지로 결과물을 얻을 순 있겠지만 보나마나 후지고 재미없어요. 작업물이나 경험 같은 게 쌓여갈수록 오히려 더 그렇게 되는 것 같았어요. 말하자면 원래 세워뒀던 계획이 철저할 정도로 틀어진 상태에서 작업하기. 그러다 한 번은 도중에 작업을 접은 적도 있었어요. 이렇다 할 결과를 얻은 것도 아니었는데 말예요. 만약 동행한 일행이라도 있었으면, 자 우리 일단은 이곳에서 철수합시다, 라는 말이라도 꺼냈을지 모르죠. 작업에 사용한 장비들을 다 거둬들이고서 그것들을 양쪽 어깨로 짊어지고 사람들이 붐비지 않는 골목의 작은 카페에 틀어박혀

✈ 　　비행기 엔진 소리 또 침을 삼킨 후의 말들

앉아 어째서 그럴까 곰곰이 따져봤어요. 어쩌다 한두 번이면 모르겠는데 너무 빈번하게 그래왔으니까요. 그런데, 우연이었어요. 그날 그곳에 들어앉아 내가 내렸던 결론은. 우연. 사실은 내가 우연함이 개입하는 것에 저항이 불가능할 정도의 매력을 느끼는 사람이었던 거예요. 내가 주도면밀하게 계획해놓은 것들을 완전히 뒤집어엎을 만한 걸 그것은 가지고 있는 것 같아요. 아주 아주 무한하게. 작업에 실제로 착수하는 시간 사이에 변하는 건 외부에 있는 것만이 아니었어요. 내 안에 있는 것들도 바뀌었거든요. 내 취향이라고 생각했던 것들이 유행을 타는 것 같고 지루하고 따분하고 별로인 것처럼 느껴지고, 평소에는 촌스럽고 한물 지났고 그래서 별 볼일 없다고 여겨지던 것들이 눈에 들어오기도 하는 거예요. 정말 무슨 일이 벌어지고 있는 것인지 알 수 없어요. 그렇기 때문에 걱정이 되면서도 한편으론 기대도 돼요. 이번에도 그런 일이 생길까, 이번엔 어떤 작업을 하게 되는 걸까, 내가 생각했던 어떤 이미지들과 어떻게 또 달라질까, 하면서요. 외부에 있는 어떤 조건들과 내 안에 있는 어떤 것이 부딪치게 내버려둔 뒤에 그러고서 천천히 수습해나가요. 애초에 끼워 맞춰져있던 상태도 아니고 아예 방향이나 각도 같은 게 완전하게 어긋나있었던 것들이기 때문에 그런 게 당연하다고 여기면 시간이 좀 걸려도 힘은 별로 들지 않아요. 최소한 쉽게 지치는 법은 없다고 해야 할까요. 그러고 나서 이제 찍는 게 좋겠어, 하는 순간이 오면 능숙하게 자세를 잡고 셔터를 누르는 거예요. 그 같은 과정에 난 재미를 느끼고 신비한 요소가 들어가 있다는 생각을 해요. 그렇지만, 모든 게 불확실하고 통제가 안 될 정도로 움직여나가긴 하지만 원형까지 바뀌는 건 아니에요. 나한테 원형은 시작점 같은 것이기 때문에 그래요. 내가 언제 어디서 처음으로 그 사진을 만나게 된 거였지, 어떤 사진 때문에 내가 이 일을 하려고 맘먹은 것이었지, 하면서 기억을 되살릴 때마다 눈앞에 수면 위로 떠오르듯이 펼쳐지는, 사각의 귀퉁이가 해지지 않고 닳지 않는 이미지였던 셈인 거죠.

✈ 비행기 엔진 소리 또 침을 삼킨 후의 말들

오랜만이네요. 원형이라고 하는 단어.

나도 그랬었어요.

원형. 눈으로 보면서 마음속으로 읽기만 했지 입으로 발음을 해본 건 아마도 처음인 것 같아요.

그럴 일이 잘 없긴 하죠.

네.

구묘진이라는 여자가 있었어요.

구묘진.

맞아요.

한국인은 아닌 것 같은데. 비슷한데 어딘지 약간 달라요. 좀처럼 사용하지 않을 것 같은 성과 이름의 조합인 것 같거든요. 삼 음절이라는 것도 똑같고 구 씨 성을 가진 사람들도 아주 많지만요.

이를테면 왕가위처럼?

그래요. 또 주가령처럼.

난 이 단어를 구묘진이라는 이름을 가진 대만 출신의 한 소설가에게서 배웠어요. 표준어 사전에 실려 있기도 하고 평소에 자주 사용한다거나 친숙한 것까진 아니어도 그 정도야 당연히 뜻을 알고 있는 단어였지만, 그 원형이라는 두 음절짜리 말이 특별한 의미를 가진 채 내 몸 깊숙한 지점으로 파고들어오게 된 건 그때 그 소설가의 작품을 통해서였어요. 악어노트라는 제목으로 된 꽤 두꺼운 소설이었는데, 거기에 그 단어가 나와요. 문장이 뚜렷하게 잘 기억나진 않지만 내용이 뭘 의미하는지는 아직 생생하게 기억하고 있어요. 나에게 인상 깊었던 건 그 책을 통틀어서 원형이라는 단어가 잠시 등장하는 바로 그 부분이었으니까요. 내가 하는 모든 작업의 원형은 흔들리지 않고 언제나 같은 자리인 그곳에 있어요. 그곳은 직사광선이 쬐이지 않고 모래바람이 불지도 않고 파도가 몰아치지도 않아요. 나로 하여금 이 일을 시작하게 만들었던 그 2학점짜리 교양수업에서의 사진 한 장. 아무리 시간이 지나도 그게 내 작업의 원형이라는 점은 변함이 없을 거예요. 그게 모든 것의 시작이었으니까요. 내가 기타를 영원히 포기해도 괜찮을지도 모른다는 생각을 갖게 만들었던 것이었으니까 말이에요. 그랬기 때문에 원하면 언제라도 그것을 끄집어내서 살펴볼 수 있었어요. 내 안 가장 깊숙한 지점에 들어와 있었으니까. 그래 색감이 어땠지, 구도는 어땠지, 작가의 시선이 저곳을 향하고 있는 것이었구나, 어디에 렌즈의 초점을 두고 있는 것이었구나, 뭘 전달하고 싶었던 것이구나, 하는 일련의 것들을 말이죠. 근데 언제부턴가 그것들이 희미해지고 말았어요. 그걸 알아차렸을 때 좁은 틈새를 비추던 빛줄기가 뚝, 하고서 끊겨버린 기분이었던 것 같아요. 그 빛이 사라지고 없으면 아무 것도 제대로 볼 수가 없는데 말예요. 나에게 아주 소중한 사진이 내 안에 원형처럼 존재했다, 라고 하는 기억은 여전한데 그것을 구체적으로 떠올리는 게 어느 순간부터는 무척 힘들어졌어요. 잊지 않으려고 애도 써봤어요. 그것을 떠올리기 위해 몸 안에 있는 모든 에너지를 끌어 모으면 때로는 간신히 가능해지기도 했었는데 그마저도 언제부터인지 아예 되지 않더라고요. 창문이 없는 방에서 문마저도 닫혀버려 컴컴한 상태가 되어버렸달까. 그때부턴 모든 게 의심스러워졌어요. 내가 제대로 하고 있는 것인지, 이 방향이 맞는 것인지, 지금 나의 모든 시간을 사용해서 하고 있는 작업이 과연 쓸모가 있는 것인지, 하는 것들에 관해. 몹시 혼란스러웠어요. 가장 중요한 원형을 잃어버린 채 나조차 확실할 수 없는 작품을 만들어 나가고 있다는 사실이요. 가로등이 켜지지 않은 새벽녘의 해안가에서 휘몰아치는 파도 소리를 들으며 방향감각을 상실한 채 이리저리 발길이 닿는 대로 걷고 있는 것 같아서요. 벌써 일 년 전쯤이 됐는데 졸업한 학교를 찾아갔었어요. 유학 가기 전에 다녔던 대학교인 거죠. 한땐 아주 자랑스러워했었는데 기타를 그만둔 이후엔 단 한 번도 찾아간 일이 없었어요. 홈커밍데이나 총동문회 같은 행사를 위해 동문들에게 연락을 해오기도 했는데 난 일절 받지 않았어요. 알고 지냈던 학과 후배들이 연락을 해와도 응답하지 않았으니까 일부러 그곳을 찾아간다는 건 나로선 가능한 일이 아닌 거나 마찬가지였겠지요. 하지만 이번에는 직접 찾아가지 않으면 문제를 해결할 수 없을 거라는 생각이 들었어요. 이런 일은 어디서 알아봐야 하느냐고 본관 사무직 직원에게 물으니까 내가 졸업한 단과대학 학과 행정실을 찾아가보라고 하더라고요. 그 답변에 대해서 내가 그건 교양수업이었기 때문에 개별적인 학과 행정과는 무관한 것이 아니냐고 물었는데 곧장 그런 게 아니니 어서 그곳에 가보라고 그 직원이 내게 말했어요. 수업을 담당했던 교수의 연락처나 전자우편 주소쯤은 여기서도 알려줄 수 있는 것 아니냐고 내가 맞섰고, 그렇게 한 십 분 정도는 실랑이를 했을 거예요. 결국 그쪽이 이겼어요. 실은, 시간이 오래 되긴 했지만 그래도 예술대학 건물 안으로 들어가는 건 내키는 일이 아니었던 것뿐이었는데. 그냥, 네 알겠습니다, 안내해주셔서 고맙습니다, 하고서 돌아서서 나왔으면 좋았을 텐데 말이죠. 한가롭던 금요일 오후에 작은 소동이 벌어지고 말았고, 그건 누구도 아닌 바로 내가 일으킨 거였죠. 지금 떠올려도 나를 아는 사람이 봤을까 봐 불안하고 창피해요. 예술대학 쪽으로 걷는 건 아주 넓은 캠퍼스를 두 발로 밟는 것과는 차원이 달랐어요. 예대 안에 내가 직접 들어가 있다는 상상을 하는 것만으로도 맥박이 빨리 뛰고 있다는 게 뚜렷하게 의식될 정도였거든요. 행정실은 현관에서 멀지 않았어요. 계단을 걸어 올라간다거나 엘리베이터를 타고 올라갈 필요도 없이 1층에 바로 있었고요. 결과적으론 도로 건물 밖으로 나올 때까지 아는 얼굴이라곤 한 사람도 마주치지 않았어요. 전자우편 주소가 적힌 메모지도 아주 수월하게 손에 넣을 수 있었고요. 괜히 혼자서 난리법석이었던 셈이죠. 그날 밤에 작업실 책상 앞에 앉아 선생님께 메일을 썼어요. 지금 이 글을 적고 있는 사람은 아주 예전에 당신의 수업을 들은 적이 있고 이름은 무엇인지, 언제 졸업을 하였으며, 또 언제 그 교양수업을 들었었는지에 관한 것이었어요. 어떻게 전자우편 주소를 알게 됐는지에 대해서도 간략하게 정돈해서 알렸어요. 지금은 혼자서 운영하는 조그만 일인 스튜디오를 차려서 직업으로 사진 일을 하고 있다고도 밝혔고요. 그러고는 끝으로 편지를 쓰게 된 이유에 대해서 썼어요. 몇 시간 후에 답장이 왔어요. 아마 새벽 두 시가 좀

비행기 엔진 소리 또 침을 삼킨 후의 말들

넘었던 시간이었을 텐데 노트북 앞에 앉아서 심호흡을 두세 번 한 뒤에 메일을 열어봤어요. 처음엔 아주 빨리, 그 다음엔 아주 천천히. 그렇게 두 번을 처음부터 끝까지 읽었을 거예요. 늦은 시간이었고 자려고 침대에 눕긴 했지만 이상하게 잠이 오지 않았어요. 계속 뒤척였던 것 같아요. 누워있는 내내 또다시 자기 맘대로 움직이려는 손을 떨림의 정도가 그나마 덜한 다른 쪽 손으로 세게 움켜쥐고 있었던 것 같기도 하고요. 글을 시작하는 부분엔 위로의 말 같은 게 좀 적혀 있었어요. 대강 형식적으로 하는 말 같지 않았고 꽤 정성을 기울여서 쓴 글 같은 느낌이었어요. 전자우편이었으니까 그래봤자 손가락으로 자판을 두드리는 것이었겠지만, 마치 심을 잘 다듬은 연필을 손에 쥐고 한 자 한 자 꾹꾹 써나갔다는 인상 같은 게 그 안에 들어있는 것 같았죠. 당신이, 이상하게 선생님은 내 이름을 부르지 않고 당신이라는 호칭을 사용하셨는데, 그것을 잃어버린 심정이 어떤지 어느 정도는 알고 있다. 단순하게 비교하는 것은 무리겠지만 예전에 자신에게도 그러한 경험이 있다. 사진을 다루는 사람으로서 소중하게 지켜온 가장 중요한 무언가가 자신의 의도와 무관하게 상실돼버렸을 적의 겉으론 아무런 티 나지 않는 고통에 공감한다. 이런 말들이었어요.

 선생님 기억나요?

 그건 왜요?

 그냥 궁금해져서요.

 아주 어렴풋이. 얼굴은 잘 떠오르는 건 아니고 분위기 같은 건 아직 남아있어요. 말투가 어땠는지는 그래도 제법 뚜렷한 편이고요. 전자우편을 읽을 때 선생님의 말투가 입혀져 있는 것 같았거든요. 말씀하시는 속도가 빠른 편이 아니었어요. 억양이 센 편도 아니었고. 여간해선 음성을 높이시는 적도 없었던 것 같아요. 강의하실 때 교탁에 설치된 가느다랗고 목 부분에 빨간색 엘이디 전등이 들어오는 유선마이크를 사용하셨는데도 상당히 작게 들렸던 기억이 나요. 맨 앞줄에서 강의를 열심히 들으려고 덤벼드는 학생들로서는 선생님이 좀 더 크게 말씀해주시면 좋겠는데, 하는 생각이 들었겠지만 솔직히 그 시간을 이용해서 잠이나 좀 자볼까, 하는 입장에선 그 정도 크기가 딱 알맞고 좋았어요. 또 너무 조용해도 대체 어떻게 돼가고 있는 거지, 하는 불안한 마음이 들어서 잠이 잘 오지 않거든요. 암튼 듣고 싶은 사람들만 내가 하는 말들을 들어도 좋다, 그렇지 않은 사람들은 수업을 적극적으로 방해하지만 않는다면 잠을 자든 아니면 대리출석을 하든 출석부를 부를 때만 잠시 왔다가 몰래 빠져나가든, 그런 것엔 상관하지 않겠다, 라고 하는 분위기 같은 게 교실 내에 있었어요. 꽤나 견고하게 구축돼 있다는 느낌으로.

강의실 맨 뒷자리에 앉아서 오로지 기타 연주에만 골몰해있는 어떤 불량한 음대생의 숙면에는 상당할 정도로 도움이 된 셈인 거네요.

깨우면 당장이라도 문을 박차고 나가버릴 것 같은 얼굴을 내가 하고 있었는지도 모르고요.

많이 겪어봐서 음대생들에 대해 알고 계셨을 수도 있을 테고요.

본격적으로 하고 싶은 말은 그 다음 줄에 적혀있었어요. 제일 깊숙한 지점에 들어있던 물기조차 증발해서 말라버린 점토 덩어리처럼 단단하게 뭉쳐진 한 개의 문단으로 말이죠. 그랬지만 여전히 부드러웠고 강의를 하실 때처럼 음성을 한껏 낮춘 말투였어요. 비록 전부 글자이긴 했어도 그런 게 충분히 전달되는 것 같았어요. 내 연락을 기다리고 계셨대요. 아주 오랫동안. 틀림없이 내게서 어떤 루트를 통해서든 연락이 올 거라 생각했다고 말씀하셨어요.

6 아무것에도 연결돼 있지 않은 블루투스 헤드폰에서 어떤 소리가 난다는 걸 우연하게 알게 된 이후일 텐데, 퇴근 후에는 언제나 파도가 있는 그 장소부터 우선적으로 가다보니까 그동안 나한테 소중했던 일에 관해서 잊을 때가 종종 있었어요. 교제 중인 사람과 매일 전화 통화하며 아주 긴 시간 동안 그날 있었던 일들에 관해 듣고 또 얘기하는 일. 그건 처음에는 분명히 그 당시에 존재했던 다른 어떤 것들과도 비교할 수 없이 소중했던 것이었어요. 주말이나 평일이라도 야간을 이용해서 스노보드를 타러 간다거나 이따금씩 시간이 날 때 들르던 조용한 동네에 있는 예술영화나 독립영화를 주로 상영해주는 극장으로 영화를 보러 간다거나, 하는 것들을 안 하게 되는 것쯤은 좀 아쉽긴 해도 그건 나중에 언제라도 한꺼번에 몰아서 하면 만회가 가능한 일이라고 여겼는데, 교제 중인 애인에게 며칠 동안 전화를 한 통도 걸지 않았던 건 그럴 수가 없었어요. 일단 스스로도 내 자신이 이해가 되지 않았거든요. 어떻게 그럴 수가 있었을까, 하고서 자

책해도 얼마 후면 또 그런 일을 반복하기 일쑤였어요. 어떤 때는 일주일 동안이나 디엠이나 간단한 문자 메시지 같은 연락조차 하지 않은 적도 있어요. 처음엔 그쪽에서 먼저 연락이 왔지만 나중엔 그 사람도 지쳤던 것 같아요. 그렇다고 해서 뭔가가 식어버렸다거나 그랬던 건 아니었어요. 곰곰이 생각해봐도 그건 아니었던 거예요. 그 사람을 만나는 건 여전히 설레는 일이었어요. 내가 연락을 하지 않고 있었다는 사실이 떠오르기만 해도 가슴에서 뭔가가 무거운 소리를 내며 내려앉는 기분이 들기도 했으니까요. 다른 사람들에게는 못 느끼는 특별한 감정 같은 게 그 사람을 만나면 선명하게 생겨나곤 했었어요. 비록 평상시에 잊고 지내는 적이 있다고 해도 만나는 날엔 늦게까지 같이 있거나 아니면 다음날까지 함께 있기도 했었고 아주 잠시도 떨어지는 게 싫었어요. 그럴 땐 아무런 문제가 없었어요. 표면적으로뿐만 아니라 마음속으로도. 딱히 연락을 왜 안 하느냐, 하는 것으로 말싸움을 하지도 않았어요. 염치없지만 그런 나를 이해해주는 것 같았

비행기 엔진 소리 또 침을 삼킨 후의 말들

고 나는 그런 그 사람을 보며 내 행동을 고쳐야겠다고 마음먹기도 했었고요. 계속 만남을 이어가고 싶었으니까 당연히 그랬겠죠. 그랬지만, 그랬음에도 불구하고 얼굴을 보지 않는 날엔 다시 아무런 연락도 서로 간에 하지 않고 지내는 게 돼버리더라고요. 계속 생각은 하고 있지만 지금 난 다른 일에 몰두하고 있으니까 연락할 겨를이 없어, 같은 게 아니었어요. 그게 아니고 꼭 그 사람과 관련한 모든 기억들이 깨끗하게 지워져 있는 느낌과 비슷하다고 해야 할까요. 그 당시에 그 사람과 난 아주 서서히 헤어지는 중이었던 것 같아요. 문득 내가 아직 누군가와 교제를 하고 있는 중이었구나, 하는 것을 무척이나 강하게 자각한 순간이 있었는데 그때가 그 사람에게 마지막으로 연락을 한 날이 되었어요. 내가 도대체 언제 마지막으로 그 사람에게 연락하고 더 이상은 하지 않은 거지? 하는 물음이 머릿속에 온통 가득 찼었던 것 같아요. 오랫동안 좋아했었고 용기를 내서 사귀자고 고백한 것도 나였는데 그렇게 되고 말았어요. 화를 내지도 않았고 어떻게

든 나를 타박하지도 않았어요. 그날, 통화 내내 목소리를 단 한 번도 높였던 적이 없는 것 같아요. 오히려 너무 차분했죠. 내가 좋아했던 상냥하고 다정한 목소리 역시 변함이 없었어요. 꼭 당신의 그 선생님이 강의실에서 늘 보여주셨던 태도처럼. 한동안은 그 사람이 마지막으로 내게 했던 말이 귓가에 빙글빙글 맴돌듯이 오래도록 남아있었어요. 넌 항상 다른 세계에 가 있는 것 같았어. 나를 만나고 있어도 말이야. 이런 말들이었어요.

알고 있었을 거예요.

전부 알고 있었어요. 내가 지금 어떤 상태에 놓여있는지. 어쩌면 내 자신보다도 더 잘 알고 있었는지도 몰라요. 내가 깨닫기도 전에.

그래도 끝까지 기다려주었던 거네요.

내 자신이 손을 댄 매듭을 스스로 해결할 때까지요. 양 가닥으로 된 끈을 더 단단하게 묶는 것이든 아니면 완전하게 풀어버리는 것이든. 어느 쪽이든 말예요.

그래요.

그즈음엔 꿈을 꾸고 있는 거 같은 기분

이 계속 들었던 것 같아요. 앰비언트 풍의 음악을 틀어놓고 헤드폰을 끼고 있을 때처럼요. 그 장소를 벗어나있더라도 난 그곳에서만 울려나고 있는 소리를 계속해서 듣길 원했어요. 일루비움이라는 뮤지션이 만든 음원들을 선택한 다음 틀면 귓가에서 뚜뚜, 하는 신호음이 잡히며 곧장 헤드폰과 연동되는데, 볼륨을 키우면 내가 선택한 음악을 제외한 나머지 것들, 가령 자동차가 지나가는 소리, 클랙슨 소리, 사람들의 말소리, 그런 것들이 순식간에 차단되는 것이죠. 간혹 들리더라도 일부러 신경 써서 주목하지 않으면 알아차리기 힘들 만큼 작으니까 별 문제가 되진 않아요. 하여간 콘크리트 방파제에 서서 머리 위에 떠 있는 구름 덩어리가 느린 속도로 움직이는 걸 얼마간 바라보다가 그곳을 벗어나면 비욘드 더문 포썸원 인리버스, 돈겟 애니 클로저, 뉴애니멀스 프롬 디에어, 그렇게 세 곡을 주로 번갈아 반복해 들으며 집으로 향하는 길을 걸어가요.

일루비움?

맞아요. 일루비움.

그 사람이 정확하게 본 거였군요. 이를테면 꿈을 꾸고 있는 상태와 다른 세계에 가 있는 것이 별반 다르지 않다면요.

한동안 꽤 자주 갔었던 영화관이 있어요. 초기라고 해야 하나, 처음 그곳을 알게 됐을 무렵엔 거의 열흘 동안을 연속으로 퇴근한 직후에 곧장 갔던 적도 있었으니까 지금 생각해도 제법 많이 가긴 했었던 것 같아요. 방파제가 있는 곳과는 반대편이니까 시내 쪽이긴 한데 그렇다고 해서 빌딩이나 고층건물이 밀집돼 있는 건 아니었고 오히려 단독주택이 대부분인 동네였어요. 음, 처음 그곳을 보고서는 나도 모르게 탄성 같은 게 입 밖으로 새어 나왔던 것 같아요. 영화관 유리문을 열고 안으로 들어섰을 때, 아니 아직 그러기도 전에 이미 이런 곳이라면 단골이 돼보는 것도 괜찮겠네, 하는 생각을 했어요. 그렇게 해서라도 나라고 하는 한 존재의 흔적을 그곳에 남기고 싶었다고 해야 할까, 얼마나 걸릴지는 모르겠지만 단단하게 새겨 넣고 싶은 기분이었어요. 그 영화관을 드나드는 사람들이 내 이름은 모르더라도 척 보면 알아보게 만들고는 싶어졌던 거였죠. 아 저 사람 알아, 뭐 그런 식으로 말이죠. 소속감 같은 것과는 좀 달랐어요. 그냥 하나쯤은 나만의 아지트를 가지고 싶다, 일터 말고 나만의 공간을 만들고 싶다, 그땐 그런 생각이었던 것 같아요. 그런 멋진 공간과 관련이 있는 사람이고 싶었던 것인지도 모르죠. 그곳은 관광객들이 화장을 고치기 위해 벽면에 부착된 거울을 좀 들여다보고 싶다거나 볼일이 급해서 일단 들어오고 보는 건 불가능해요. 깊은 숲속에서 가지가 많은 나무 위에 지어진 비밀스런 요새처럼 여간해선 보이지 않는 지점에 숨어 있어서 행인들이 그럴 만한 엄두를 낼 수 있는 장소가 절대로 아니었던 거예요. 인터넷으로 그곳까지 가는 길을 미리 완벽하게 숙지해서 머릿속에 집어놓았다거나 구글맵 같은 걸 연신 들여다보면서 간다고 해도 많이 헷갈리는 편이거든요. 또 무엇보다 그곳까지 가는 길이 되게 마음에 들었어요. 고층건물들 사이로 난 실핏줄 같은 골목 하나로 쏙 접어들어서 약간은 경사진 길을 따라 쭉 올라가야 해요. 그러면 주변이 신기할 정도로 확 바뀌어버리는데, 대부분 주택가라서 누군가가 재채기하는 소리에 모두 그쪽을 돌아볼 만큼 조용하고 사람도 차도 거의 다니지 않아요. 그 앞에 달랑 하나 있어서, 극장의 전용 매점이나 다름없어 보이는 편의점에서 먹을 거나 마실 거를 산 다음에 마저 끝까지 올라가면 그 영화관이 나와요. 유리로 된 출입문을 열고 나무로 된 계단을 밟고 2층으로 올라가서 맥북이 올라가 있는 데스크에서 일하고 있는 직원에게 인사를 건네면 우선 예매를 했느냐고 물어보는데, 아직 안 했다고 하면 빈 좌석이 현재 어디어디에 있는지 손가락으로 짚어가며 안내해줘요. 난 언제나 같은 좌석을 선택하는 편이었어요. 앞에서 셋째 줄이고 통로 옆 가장자리에서 딱 하나 들어간 자리. 처음에는 우연히 앉게 된 거였는데 그 다음부터는 만약 그 자리가 비어 있다면 꼭 그쪽으로 좌석을 달라고 부탁했어요. 스크린이나 자막이 눈에 잘 들어오기도 했고, 중앙이 아니고 약간 한쪽으로 치우쳐져 있는 자리라서 그런지 영화를 보러온 다른 사람

비행기 엔진 소리 또 침을 삼킨 후의 말들

들과 너무 다닥다닥 붙지 않는 점도 좋았어요. 지하철과는 다르게 영화관에선 가운데 쪽 자리를 더 선호하니까요. 물론 바로 직전에 칸이나 베를린 영화제 같은 데서 수상한 작품이라거나 우연하게 상영 후에 출연한 배우들이 방문해서 직접 관객들과 만남을 갖는 경우라든가, 주말 오후 같이 시간대를 잘못 맞출 때는 양옆과 앞뒤에 꼼짝없이 갇히기도 하긴 해요. 그런 경우는 어쩔 수 없지만 그래도 중앙 쪽에 앉아 있으면서 그렇게 사방으로 포위되는 것보단 훨씬 나아요. 음, 말하자면 긴장감의 정도가 그래도 좀 덜합니다.

오늘도 한쪽으로 치우친 자리예요.

우연이에요. 내가 선택하지 않았거든요.

난 체크인할 때 얘기하는 편인데. 가능하다면 되도록 창가 쪽으로 좌석을 달라고요.

이다음엔 말해야겠네요.

한번 해보세요.

평일 저녁 시간이었고 그날 상영관 안은 되게 한산했어요. 한 줄에 한 사람이 채 앉아있지 않았으니까 다 합쳐도 일곱이나 여덟

명이 안 되는 거였어요. 거긴 그런 게 보통이라서 그냥 그런가보다 하고 있었습니다. 당연히 주위엔 아무도 없었고 연인들 말고는 다들 서너 칸씩을 띄워 멀찍이 떨어져 앉아 있었어요. 그런 짓은 해도 좋다고 허락을 받아도 여간해선 하고 싶진 않지만 좌우 좌석에 어깨동무를 하듯이 양팔을 있는 힘껏 벌려서 걸쳐놓는다고 해도 아무도 뭐라고 할 사람이 없는 거였죠. 아마도 일 분 정도를 남겨놓은 상태였을 거고, 스크린에선 이제 곧 개봉할 영화들의 예고편을 차례대로 보여주고 있었는데 왼쪽 편의 출입문이 살며시 열리더니 어떤 한 사람이 앞에서 셋째 줄, 그리고 객석을 기준으로 해선 맨 왼편 가장자리에 조용하게 앉았어요. 그러니까 바로 내 옆자리. 그 사람은 문을 열고 들어와서 단 한 번도 두리번거리지 않고 마치 자신이 앉아야 할 자리에서 환하게 빛이라도 나고 있는 것처럼 이쪽으로 똑바르게 다가와서 아주 자연스럽게 엉덩이를 받쳐줄 쿠션을 밑으로 잡아당겨서 앉았어요. 아무에게도 방해가 되지 않도록 최단거리로 이동했다. 마치 그

비행기 엔진 소리 또 침을 삼킨 후의 말들

런 인상이었으니까요. 카펫 위에서 나는 아주 작은 발걸음 소리와 두툼한 쿠션이 내려질 때에 삐걱하는 정도의 미세한 소리를 들었던 것 같아요. 아무것도 가지고 들어온 것이 없기도 했어요. 손에 먹을 것 같은 걸 들고 있지 않았고 어깨에도 기다란 가방 끈을 걸치고 있지 않았던 것이죠. 러닝 타임이 한 시간 정도 됐던 거 같은데 그 사이에 몇 번이나 왼쪽 자리에 앉은 사람을 의식했는지 몰라요. 적어도 한 스무 번은 됐을 거예요. 어쩌면 그 두 배쯤요. 영화 시작하기 전에 혹시 갈증 나거나 입이 심심할 때를 대비해서 근처 편의점에서 홍차가 들어간 밀크티를 조그만 걸로 하나 사서 가지고 들어온 게 있었거든요. 근데 그 뚜껑을 따는 것도 평소보다 더 능숙하고 근사하게 해내려고 내 자신이 아닌 척 하면서 애쓰고 있는 걸 스스로 알아차렸어요. 검지 끝부분을 사용해서 바닥에 바짝 밀착돼있는 알루미늄 캔 뚜껑을 단숨에 들어 올리고 그러면서도 되도록 소리를 내지 않게 만들고 싶었어요. 다이빙 선수가 10미터 플랫폼에 발끝으로 서서 허공을 가르며 퍼펙트하게 입수할 적에 나는 크기 정도로만. 팔꿈치가 닿을까 봐도 무척 신경 쓰였는데, 그래서 왼쪽 팔은 팔걸이에 올려놓지 않고 아예 바깥 허벅지 쪽으로 떨어뜨려놓고 있었어요. 딱딱하고 견고한 좌석 팔걸이와 무릎 틈새에 옴짝달싹 못 하도록 끼어 있었다고나 할까. 아닌 게 아니라 좀 어정쩡한 자세이긴 했지만 그냥 그 상태를 줄곧 고정시킨 채 고개와 시선은 스크린을 똑바로 향하게 했어요. 눈치 채지 못 하도록 그래도 아주 조금씩은 왼팔을 풀어주긴 했죠. 주먹을 가볍게 말아 쥐고서 손목을 제자리에서 빙빙 원을 그리며 돌리는 식으로. 아무래도 근육 경련 같은 게 일어나는 것 같았으니까. 쥐가 나서 전기가 흐르는 것 같이 따끔거리기도 했었고요. 그리고 이 점이 사실 가장 고역이긴 했었는데, 간혹 가다 왜 그런지는 알 수 없어도 가끔씩 입속에 침이 잔뜩 고일 때가 있잖아요. 긴장되거나 그러면. 혹은 스크린 속 배우들이 갑작스럽게 껴안고서 키스를 하거나 그러면. 그 영화엔 그런 장면들이 나왔던 건 아니었지만 아무튼 그걸 삼

비행기 엔진 소리 또 침을 삼킨 후의 말들

키는 것조차 혹시 옆에 들릴까 봐 조심스러웠어요.

그 정도면 그날 영화를 제대로 봤는지 의심스러운데요.

한 번 더 보러 가야만 했죠. 일주일인가 열흘쯤 지나서.

긴장을 많이 하는 편인가 보군요.

가끔 그럴 때가 생기는 것 같아요.

그래도 나 정도는 아닐 테죠.

말은 잘 듣는 편입니다.

다행이네요.

승무원들이 좀 바빠지셨어요.

꼭 이 시간쯤이에요. 이륙을 하고 나서는.

기내식이 나올 건가보네요.

공기를 따듯하게 덥히는 기운 같은 게 다가오는 게 느껴져요.

실내 공기가 차갑긴 하네요. 담요를 무릎에 덮고 있으면 좀 나을 거예요.

춥진 않아요.

그래요.

기대되는데요.

엔딩 크레딧이 전부 올라가고 나서 천장에 설치된 할로겐 조명이 한꺼번에 들어왔을 때 고개를 돌려 옆에 앉은 사람을 쳐다봤어요. 그 사람도 내 쪽으로 고개를 돌렸는데 한눈에 누군지 바로 알아볼 수 있었어요. 내 느낌으론, 그 사람도 나에 대해 알고 있는 것 같았어요. 고개를 살짝 숙이는 정도로 서로에게 인사를 했을 거예요. 우린 상영관 방음문을 열고 밖으로 나가서 소리를 가능한 한 죽여서 대화를 했어요. 그리 길진 않았고 짧게, 그 사람은 맥북이 놓인 데스크 안쪽에서, 난 바깥쪽에서요. 가볍든 그렇지 않든 아무런 짐도 없이 영화관에 맨몸으로 들어오는 사람은 별로 못 본 것 같다고 내가 말했었고, 그 사람은 평소 같으면 밖에서 그냥 데스크 쪽 의자에 앉아서 쉬거나 프로그램을 짜거나 웹을 돌아다니며 서치 같은 걸 할 텐데 관심이 생긴 영화라서, 그리고 상영시간이 짧은 편이라서 들어가서 본 거라고 했어요. 그 부분에 관해서, 그러니까 내 느낌에 관해서 나중에 정식으로 교제를 시작하고 나서 확인해봤었는데 역시나 내가 누군지 알고 있었대요. 짐작이 맞았던 것이죠. 그래서 혹시 옆자리에 앉은 것도 일부러 그렇게 한 것이었느냐고 물어봤었는데 대답은 해주지 않고 그냥 웃기만 했어요. 대신에 그 사람은 꿈 얘기를 꺼냈었어요. 그날 내 옆자리에서 미동도 없이 얌전하게 봤던 영화에 관한 것이었어요. 영화 줄거리에 대한 감상이라고 하기 보단 좀 더 자신의 마음속에서 생겨난 전반적인 인상 혹은 느낌을 얘기하는 것 같았어요. 잠에서 깨어나면 방금 꿈을 꿨다는 걸 알게 되는 경우가 있고, 그럼 그걸 떠올려보기도 하는데 어떤 장면들은 무척 뿌옇고 흐리고, 기억나는 건 일부뿐이야. 분명 더 길고 많았을 텐데. 꿈을 꾼 것 같았어. 이런 말들이었어요.

7

실내등이 켜졌어요.

방금 앞쪽에서 누군가가 약간 놀란 것처럼 소리 지르던데요. 피쉬앤칩스! 이렇게.

그랬던 것 같아요. 나도 들었어요.

순조롭게 나오다가 바로 앞줄에서 탁, 하고서 끊겨버리는 건 아니겠죠.

무척 먹고 싶은 거군요.

기대하고 있습니다.

무사히 나오길 바라고 있어야겠네요.

도착하면 이걸 맨 먼저 먹으려고 했었거든요. 여객선들이 떠다니고, 선착장이 있는 해안이 한눈에 내려다보이고, 그 건너편에는 구시가지가 좌우로 끝도 없이 길게 늘어서있고, 느긋하게 돌아가는 대관람차를 마주하고 있는 고층건물 테라스에 위치한 노천카페 같은 곳에 앉아 맥주 한 잔을 같이 주문해서요. 이왕이면 냉장고에 장시간 넣어둬서 아주 차가워진 오 백씨씨 유리잔에 담겨져 나오는 거품이 가득한 생맥주가 좋겠지만 준비된 게 없다면 유리병에 들어있는 하이네켄이나 호가든이나 블루걸 같은 맥주도 상관없어요.

✈︎ 비행기 엔진 소리 또 침을 삼킨 후의 말들

꽤 괜찮네요.

미리 맛보게 될 줄은 몰랐네요.

센트럴에 가면 그런 곳이 제법 있을 텐데요.

정확해요. 공항철도를 타고 곧장 거기로 가볼 생각이었어요. 대강 두 곳 정도 점찍어둔 곳이 있거든요.

간혹 나오는 경우가 있었어요. 그래도 확실히 드문 일이긴 해요. 주로 치킨커틀릿이거나 국물 없이 면만 간이 돼서 나오는 누들이니까.

신나네요.

좋아하는 모습을 보니까 좋은데요. 잘됐어요.

지금은 곁들일 음료를 아까 마셨던 것으로 해도 괜찮은 것 같아요.

밀크티?

온도를 아주 낮춘 것으로요.

맥주가 아닌 거군요.

그게 더 잘 어울리는 건 맞지만 홍차가 들어간 밀크티에서 맥주는 왠지 너무 달라져버리는 느낌이 들어서요. 그리고 홍콩에 도착했을 때를 위해서 이상적인 조합은 하나쯤 남겨두려고요.

아까 말인데요. 우린 꽤 긴 시간 동안 한 줄에 나란히 같이 있었어요. 아마도 몇 시간쯤.

한 세 시간이었을 거예요.

거의 맞먹는 것 같은데요. 인천에서 첵랍콕 공항까지 걸리는 비행시간과.

날씨가 참 대단하죠? 같은 말이라도 건네 보면 어떨까, 하고서 잠깐 망설였었는데.

그렇게 물어왔더라면 아마도 난, 그러게요, 하고서 창가로 고개를 돌렸거나 눈을 감고 잠자는 척을 해버렸을 거예요. 유별난 것일 수도 있을 텐데, 난 그런 어디로 흘러갈지가 뻔해 보이는 대화는 좀 견디기 어려워하는 편 같아요. 피할 수 있으면 피하고 싶어져요.

별로 할 말 없을 때 던지는 말들.

그거예요.

냄새가 좋아요.

너무 큰 기대를 했다가 실망할까 봐 조금 걱정되는 걸요.

✈ 비행기 엔진 소리 또 침을 삼킨 후의 말들

카트가 다 왔어요. 조금만 더 힘을 내주었으면!

업스타일이 너무 잘 어울려요.

자외선 차단막을 밀어 올려서 반쯤 열고 모난 구석 없이 타원형으로 생긴 창문을 통해 바깥을 내다보면 여긴 너무 밝아요. 입시를 준비하면서 가장 들어가길 원했던 음악대학에 특기자전형으로 합격했다는 걸 담임 선생님으로부터 걸려온 전화로 알게 됐던 순간처럼. 또 석사 과정을 밟기 위해 지원서를 넣었던 외국에 있는 학교에서 날아온 전자우편으로 합격 통지문을 확인했던 그 순간처럼 말예요.

그때가 말하자면 환희의 순간들이었군요.

아마 그런 셈이겠죠.

구름이 저 아래 있어요. 우리보다 훨씬 밑에요.

일부러 찾지 않으면 보이지도 않을 만큼 밑에 자욱하게 깔려있어요.

아직도 내리고 있는 걸까요?

어쩌면 그럴지도 모르죠.

너무 다르군요.

비 오는 날을 좋아하세요?

점점 그렇게 돼 가는 것 같아요. 예전에는 구름 없이 활짝 갠 날만 좋아했던 것 같은데.

어느 날인가 현관 쪽 신발장에서 집에 있는 우산들을 전부 꺼내 살펴본 일이 있어요. 특히 컬러를 중심으로요. 하나같이 색깔이 흰색이나 검은색 같은 무채색이었던 거예요. 혹은 투명하거나요. 나도 모르게 그런 것들을 사고 있었어요. 비가 오면 얼른 편의점 같은 데에 들어가서 저렴한 걸로 급하게 아무거나. 그런데도 보기 싫다는 생각은 한 번도 하지 않았었는데 어느 날부턴가 마치 내 취향에 맞는 옷이랑 신발을 고르듯이 우산을 대하기 시작했어요. 아주 신중하게 고심해서 겨우 한 개를 사는 식이었어요. 디테일이 살아있어야 하고 컬러가 절대로 우중충하지 않은, 고급스러운 방수 천을 사용해서 상당한 고가여도 상관없어요. 그 대신 신발장에 쌓여있던 우산들은 전부 처분해버렸어요. 그리고 새로 산 우산은 물기가 다 사라지고 나면 내 방 잘 보이는 곳에 보관하고 있어요. 시계랑 반지랑 가방이랑 같이. 아마 비오는 날씨가 좋아지기 시작한 무렵이었을 거예요.

우산이 너무 마음에 든 나머지 어서 비가 오길 바라는 것일 수도 있을 테죠.

그러네요.

나도 좋아해요.

만약 아까 공항에서 이륙하지 못 하고 무한정 대기를 해야만 했던 그 시간 동안에 우리가 대화를 했다면 지금보다는 서로에 대해 조금 더 잘 알 수도 있었을 것 같아요. 짧지 않은 시간이었으니까요.

그래요.

어렸을 때 꿈은 뭐였고, 어떤 장난감을 주로 가지고 놀았었고, 어느 지역의 무슨 학교를 졸업했고, 현재는 하고 있는 일에서 어떤 계획을 가지고 있고, 집에 개나 고양이나 앵무새 같은 반려동물을 키우는지에 관해서 말예요. 어느 여자프로배구팀을 응원하고 있고, 신발 브랜드로는 나이키와 아디다스와 뉴발란스와 필라 중에 어느 제품을 더 좋아하는지에 관해서도 얘기를 오갔을 수도 있어요. 또 필기구로는 갤럭시노트나 아이패드 같은 전자식을 더 선호하는지 아니면 파버나 스테들러, 블랙윙 연필이나 몽블랑, 라미나 까렌다쉬 만년필 같은 아날로그 방식을 더 선호하는지에 관해서도. 노트북은 맥북을 가지고 있는지 아니면 아이비엠 같은 윈도우 기반의 것을 가지고 있는지 물어봤을 수도 있겠죠.

    이륙하지 않고 출발이 아예 다음날로 연기될 수도 있다고 생각했어요. 제법 심각했었으니까요. 기장이 안내방송으로 더 이상은 안 되겠으니 모두 내리라고 말해도 이상하지 않았을 거예요. 만약 그렇게 됐더라면 우리가 하던 대화는 중간에서 끝나버리게 되는 것이겠죠. 부드러운 실을 가지고서 한 번씩 차례대로 주고받으며 둘만의 놀이를 하던 중에 난데없이 날아든 날카로운 날을 가진 가위가 우리가 공들여 만든 작품을 싹둑, 하고서 잘라내버리는 게 싫었어요. 하지만 일단 이륙을 하게 되면 그곳 공항까지 걸리는 소요시간 같은 걸 미리 알고 있기 때문에 그런 일은 웬만해선 생기지 않게 될 테죠.

　　　만약 둘 중에 어느 한쪽을 선택할 수 있고 남은 쪽은 반드시 포기해야 한다고 하면 아쉽긴 해도 난 말을 해서 얻을 수 있는 것들을 떠나보낼 것 같아요.

　　　말을 하지 않고도 얻을 수 있는 것들을 선택하는 것이군요.

　　　우린 서로의 반대편 팔이 서로에게 닿을 만한 지점에서, 앞좌석을 보고 나란히 앉아만 있었어요. 자그만치 세 시간 넘도록 한 마디도 하지 않은 채. 처음엔 진동을 동반한 엔진 소리만 귓가에 들어왔었는데 곧 익숙해졌는지 옆에 앉은 사람의 숨소리를 들을 수 있었어요. 동시에 어떤 냄새를 가졌는지, 그게 어떤 것에서 나는 향기와 비슷한지 떠올려봤던 것 같아요. 또 가만히 앉아 있을 때는 팔을 무릎 위에 놓고 있는지 아니면 팔짱을 끼고 있는지도 알 수 있었고 어떤 식으로 몸을 잠깐씩 움직여서 고정된 자세에 약간의 변화를 주는지도 지켜볼 수 있었어요.

　　　그렇네요.

당신이 백팩의 지퍼를 열고서 어떤 물건들을 차례대로 끄집어내는지도 볼 수 있었는데, 내 기억이 맞다면 처음엔 엄청 두꺼운 장갑이었고 그 다음엔 헤드폰이었어요. 내 시선을 끌었던 건 정작 당신의 가방 지퍼에 채워져 있는 키링이었던 것 같아요. 사실 너무 조그매서, 손가락 한 마디보다 살짝 더 길고 두 마디에는 못 미치는 정도니까, 처음엔 눈에 아예 띄지도 않았었는데 자세히 보니까 뭔가가 달려있더군요. 형태의 가장자리를 따라 재봉선이 분명하게 드러나 있고 깨끗하긴 해도 지워지지 않는 손때 같은 게 묻어 있어서 최근에 구입한 것은 아닌 것 같았고 어딘지 모르게 좀 시무룩해 보이는 아주 작은 인형. 처음엔 눈물을 흘리며 울고 있다는 생각이 들 정도였어요. 어쨌거나 아무튼 그랬어요. 의도한 것은 전혀 아니지만 나도 모르게 내 자신에 관한 많은 부분을 공유하고 있었고 또 그 반대로 당신에 관한 것도 공유하게 된 것 같은. 그래서 어딘지 모르지만 이미 대화를 나누고 있다는 느낌이 들었다고나 할까, 그랬어요.

✈ 비행기 엔진 소리 또 침을 삼킨 후의 말들

조금 전에, 순서가 정확했어요. 짐을 쌀 적에 항상 헤드폰을 아래에 두는 편이거든요. 스노보드 장갑을 바로 위에 놔둬서 혹시라도 갑자기 가해지는 충격을 대비시키는 거죠.

꽤 철저하군요.

프라이탁에 인형으로 된 키링이 어울리는 건 분명히 아닐 텐데, 지퍼를 열고서 가방 안에 넣어놓고 다니자니 그건 좀 아닌 것 같았어요. 너무 작아서 다른 물건들에 휩쓸려서 바깥으로 빠져나와 버린다면, 잘못하면 잃어버릴 수도 있을 테니까요. 지퍼와 연결할 수 있도록 엄연히 고리가 달려있기도 하고 또 집에만 있으면 답답할 것 같기도 해서 외출할 땐 웬만하면 가방 지퍼에 고리를 채워놓고 있어요.

하나도 눈에 띄지 않아요. 대강 지나가면서 보면 절대로 발견하지 못할 거예요. 자세하게 뜯어봐야 지퍼에 뭔가가 걸려있다는 걸 알 수 있을 테니까요. 아까 나처럼.

왠지 좀 안심이 되는걸요.

사람들이 키링을 가방에 매달고 다니는 목적은 보통 남들에게 보여주기 위한 것일 텐데 좀 다르네요. 제발 시선이 안 닿았으면 좋겠어요. 지퍼에 그게 달려있다는 건 나 자신과 인형 자신만 알고 있는 것이면 좋겠어요. 오직 단 둘만 말이에요.

  스노보드용 장갑은 처음 봤어요. 스키 장갑은 껴본 일이 있어도요.
  폴 같은 걸 손에 쥘 필요가 없어서 스키용에 비해선 대체적으로 좀 더 두툼하게 나오는 편 같아요. 아예 손가락을 각각 끼우지 않고 손 전체를 집어넣을 수 있도록 만들어진 것들도 있긴 하니까요. 프로야구 선수들이 도루를 뛰거나 베이스 러닝을 할 때만 착용하는 슬라이딩 글로브처럼 말이죠. 하지만 움켜질 수도 있고 구분 지을 필요 없이 혼용이 가능하도록 나온 것들도 많아요.
  골키퍼들이 사용하는 장갑 같기도 했어요.
  껴 봐도 돼요.
  외출용은 아닌 것 같아요. 그을림 자국이라고 해야 하나, 완전히 탄 건 아닌데 그런 부분이 군데군데 꽤 있어요. 작업할 때에 항상 사용하는 글로브니까요. 평소에도 가지고 다니고 있어요. 집에 놓고 나오면 왠지 허전한 기분이 들더라고요. 손가락에 반지를 안 끼거나 손목에 시계를 안 차고 나오는 것처럼요. 이건 보통 작업자들이 사용하는 제품과는 여러 면에서 좀 달라요. 리조트에서 스피드를 전문으로 하는 프로 스노보더들을 대상으로 해서 판매하던 것이었으니까요. 일단 크기가 좀 더 크고 더 두툼하죠. 하지만 안전성 면에선 훌륭하다고 볼 수 없어요. 방수는 확실하지만 불꽃이 달라붙으면 타버릴 수도 있으니까요. 그래서 주기적으로 방화성 물질을 발라줘야 해요. 일종의 코팅 같은 것이죠. 번거로울 순 있지만 작업장에서 나 때문에 말썽이 나지 않으려면 꼼꼼하게 해주는 게 좋아요.

깜깜한 숲속에서도 혼자서 빛날 것 같은 형광색이에요.

순전히 디자인 때문에 골랐어요. 내가 선택한 일에 상당한 보람을 느끼고 있지만 비 오는 날의 남색 부츠 같은 작업용 장갑까지 마음에 들었던 건 아니었거든요.

보기보다 무게가 나가요. 스노보드 선수들이 꽤나 묵직한 걸 양손에 시종일관 끼고 있는 거였네요. 권투 선수들의 빨간 글로브 같이. 스키선수들이 양손에 각각 쥐고 있는 폴을 대신하는 셈이라면 이해가 가기도 하네요.

　　왼손잡이면 왼손부터 먼저 착용하는 편이 나아요. 다섯 손가락이 쏙 들어가도록 끝까지 끼운 뒤에 손목 조임 벨크로를 힘껏 잡아당겨 반대편 쪽 꺼끌꺼끌한 부분과 맞닿도록 채우면 되고요. 그런 다음에 오른손에도 같은 방식으로.

　　난 절대로 그 일을 할 수 없을 것 같네요. 장갑 끼는 것만으로도 이러고 있으니.

　　천천히 해도 돼요.

　　이렇게 하는 게 맞는지 모르겠어요.

　　잘하고 있는걸요.

　　느낌 있어요. 어떤 작업이라도 막 시작하고 싶어지는 것 같은데요.

　　고글을 쓰고 코와 입을 가리는 마스크 끈을 조이고 나서 사이즈에 맞는 안전모를 착용해요. 양손에는 두꺼운 스노보드용 장갑을

✈︎　　비행기 엔진 소리 또 침을 삼킨 후의 말들

끼우고요. 장갑과 손목이 닿는 지점의 벨크로는 최대한 잡아당긴 상태에서 맞은 편 쪽에 붙여야 해요. 절대 떨어지지 않도록 주의하면서요. 작업의 대상이 되는, 그러니까 서로 분리돼있는 개별적인 두 물체의 일부분에 각각 고르게 고온의 화염을 쏘이고 난 다음이 중요한데, 한 치의 오차도 생기지 않도록 양쪽을 하나로 붙이는 건 그다음 단계에서나 할 일인 것이고 우선은 불꽃이 무수하게 날리더라도 흐트러짐 없이 자세를 고정시킨 채 온 신경을 한 곳에 집중시켜 접합면의 성질이 달라지는 순간을 묵묵하게 기다려야 합니다.

펴지지 않는 주름 때문에 어느 부분에선 명암 같은 게 생겨나네요. 갈라진 틈 같기도 하고요. 마치 깊이를 알 수 없는 어둠이 그 속에 들어가 있는 것 같아요. 그리고 손을 비빌 때 나는 이 소리가 듣기 좋아요. 뭔가 간지럽기도 하고.

아무것도 하지 않고 잠잠히 기다리는 동안에 중요한 뭔가가 일어나기도 한다는 걸 믿는 편이에요. 오랜 시간 동안 같은 작업을 하다가 보니까 그런 확신 같은 게 생겼어요.

이를테면 쿨쿨 잠을 자고 있을 때 산타클로스가 몰래 들어와서 선물을 놓고 가는 것처럼 말인가요?

맞아요.

그렇군요.

우리가 처음 만난 세 시간 동안 아무런 말도 하지 않았고 웬만해선 서로를 향해 고개도 돌리지 않았지만 이미 어떤 일이 생겨나고 있다고 느꼈어요. 당신과 나 사이에 말예요. 단지 아주 우연한 일이 이대로 한 번 더 일어나줬으면 하고 바랄 때가 있어요. 만일 그렇게 된다면 흔들리고 있는 마음을 단단하게 붙잡아줄 테니까요.

이대론 비행기가 뜨지 못할 줄 알았어요. 사람들이 다들 그렇게 웅성댔던 것 같아요. 승무원들은 승객들이 묻는 말에 대답하느라 아주 정신없이 분주했고요.

근데 안내방송이 나오더라고요. 기장이었어요. 앞으로 십 분 안에 활주로에 진입해서 이륙을 시도할 테니 모두들 안전벨트를 매고

비행기 엔진 소리 또 침을 삼킨 후의 말들

좌석 등받이를 바로 세우고서 잠시 동안만 기다려달라는 멘트. 그 말을 듣고서는 손뼉을 치고 난리 났어요. 승무원들을 향해 약간의 항의는 하면서도 다들 어느 정도는, 아 오늘은 갈 수 없는 것이겠구나, 하고서 포기하고 있었을 텐데.

바로 그때 당신이 내 쪽으로 고개를 돌리고서 말했어요. 딱 한 마디. 다행이네요.

그랬을 거예요. 꽤 자주 사용하는 것 같거든요. 다행이라고 하는 표현은.

첫 마디로 날씨 얘길 꺼내는 것보단 훨씬 나아요.

정말 다행이에요. 이제라도 떠나게 돼서요.

그래요.

우연한 일이 또다시 생겨났다고 생각했어요. 그래서 확신 같은 게 생겼던 것 같아요. 지금부터 시작되는 세 시간이 조금 넘는 시간 동안엔 내 옆자리에 앉은 사람에게 그동안 어느 누구 앞에서도 꺼내지 않았던 말들을 해볼 수 있을 것 같다는 그런 마음 같은 게 말예요.

비행기 엔진 소리가 베이스음처럼 섞여

들어간 음성을 들으며 나 역시 그동안 혼자서 속에 꽁꽁 감추고 있었던 많은 것들을 이제는 하나씩 살며시 끄집어내어서 저 아래 보이는 구름처럼 가볍게 떠다니는 공기 중에 가만히 움켜쥔 손을 펼쳐, 그 안에 든 것을 그대로 올려놔야하는 순간이 온 것일지도 모른다고 느꼈어요.

    그래도 처음엔 어색했어요.

    곧 나아졌지만요.

    네.

    다시 소등이 됐군요. 아까처럼.

    너무 어두우면 독서등이라도 켜둘 수 있어요.

    없어도 괜찮을 것 같은데요. 창문을 조금 열어두면 되기도 하고.

    그러면 되겠네요.

✈ 비행기 엔진 소리 또 침을 삼킨 후의 말들

8 차라리 각자 알아서 모임 장소까지 오라고 했다면 차비도 들고 좀 번거롭고 어쩌면 헤맬 수도 있을 테지만 훨씬 나았을 거예요. 근교로 소풍을 간다거나 꽤 멀리 수학여행을 간다거나 학교에서 대형버스를 대절해서 어디론가 가게 될 적에는, 이번엔 누구와 같이 앉을 수 있을지가 너무 고민됐었어요. 바로 전날까지 엄격한 선생님의 칭찬을 받을 만큼 아주 순조로웠던 고전 곡 연습이 갑자기 전혀 안 될 정도로. 절망스러울 수준으로 말예요. 다들 소리를 지르고 만세라도 하듯이 양팔을 번쩍 들면서 교실에서 수업을 하는 대신 야외로 나간다는 사실에 무척이나 기뻐하는 것 같아 보였는데 그 안에서 시무룩한 표정을 짓는 애는 나 하나뿐인 것 같았어요. 나중에 곰곰이 생각해보니 나 같은 애들이 분명히 같은 반에서도 몇 명쯤 되긴 했을 텐데 그 시절엔 오로지 나 혼자만 그런 생각에 빠져드는 것 같이 느껴졌던 것 같아요. 그때 주위라도 좀 돌아봤으면 좋았을 텐데. 그럼 나와 같은 표정을 짓는 아이에게 쉬는 시간에 몰래 쪽지라도 보내

서 나랑 같이 타지 않을래, 하는 얘기를 용기 내서 꺼내볼 수도 있었을 텐데 말예요. 버스를 타고서 떠나는 날이 구체적으로 언제가 될 것이라고 하는 공지를 담임이 우리들에게 전해 준 날부터는 너무 불안했어요. 연습도 안 되는 것 같았고 밤에 잠자리도 설쳤어요. 몇 번이나 깨고, 피곤하긴 한데 이상할 정도로 잠이 들지 않았어요. 들어도 깊은 잠을 못 잤고요. 아직도 생생하게 기억나는 일이 있는데, 몰래 냉장고에 채워져 있는 맥주를 꺼내 마셔봤어요. 그럼 잠을 잘 수 있는 게 아닐까 하고서.

  그 정도였던 것이군요.

  들킬 수도 있다고 생각했는데 그땐 그것보단 이 문제가 더 컸어요. 오비 맥주. 갈색 병으로 된 거. 용량은 기억 안 나는데 꽤 컸던 것 같아요. 원래는 한 모금만 마시려고 했었는데 혹시라도 효과가 약할까 봐 한 방울도 남기지 않았어요. 말 그대로 혀를 내밀고서 제법 뾰족하게 모아지는 병 입구를 갖다 대고 병을 쥔 손에 힘을 넣어서 탈탈탈 털어 넣었어요.

  필사적이었군요.

비행기 엔진 소리 또 침을 삼킨 후의 말들

지금 생각하면 좀 어이가 없어요. 고등학생이 술을 일종의 수면제처럼 활용한 거였잖아요. 그런데 알코올 도수가 5도 밖에 안 되는 맥주였을 거 아니에요. 당연히 취기가 안 올랐던 건 아니지만, 마시자마자 뻗어서 바로 잘 수 있을 줄 알았는데 그런 건 아니더라고요. 들킬까 봐 긴장을 하고 있어서 그랬던 것 같기도 하고. 좌우지간 그래서 이 정도론 소용없겠다 싶어 살금살금 방에서 빠져나와 고무 패킹 떨어지는 소리가 울리지 않도록 냉장고 문을 연 다음 같은 걸로 한 병을 꺼내 품에 안고서 내 방으로 신속하게 들어갔어요. 후다다닥, 하고서 말예요.

아무쪼록 그날은 푹 잘 수 있었길 바라요.

그날 만약 역효과가 없었더라면 난 아마도 상당히 어린 나이에 일찌감치 알코올중독자가 돼버렸을지도 몰라요. 어떤 내용의 역효과였는지는 지금 도저히 가르쳐줄 수 없어요. 말하기가 너무 창피하니까.

절대로 물어보지 않을게요.

운이 좋으면 혼자 말없이 창밖으로 시

선을 던지고 있는 아이 옆으로 가서 슬그머니 앉을 수가 있었지만 그렇지 못할 때가 더 많았던 것 같아요. 빈자리라고 하더라도 다들 같이 앉을 짝을 미리 정해둔 상태였어요. 나한테 그렇게는 대놓고 말한 적도, 또 내가 다가가서 앉으려고 하면 옆자리를 손으로 짚어버리거나 자신이 가져온 가방을 올려놓으며 누가 올 사람이 있다고 한 적도 없었지만 그런 건 그냥 척, 하고서 보면 아는 것이잖아요. 눈빛이라든지 팔짱을 낀 모습이라든지 분위기라든지 뭐 그런 것들로. 원래 그런 거잖아요. 어디에도 앉지 못 하고 허둥지둥 대다가도 버스가 출발할 때가 돼서는 어떻게든 정리가 되긴 해요. 교사가 탑승해서 이제 곧 출발인데 그렇게 서 있지 말고 어서 자리에 앉도록 해! 하고 소리라도 지르면. 그럼 어디라도 일단 앉아야 해요. 툭 튀어나온 부분을 손바닥으로 내리쳐서 평평하게 되도록 만드는 거죠. 그땐 이미 내 머릿속은 완전히 하얗게 된 상태가 돼버려요. 어떠한 간단한 분별도 해내지 못할 만큼. 누군가가 나한테 여기에 앉으면 안 돼, 하고 얘기

✈︎   비행기 엔진 소리 또 침을 삼킨 후의 말들

해도 들리지 않을 만큼. 그런데 있잖아요. 교사가 뭐 하고 있어! 하고 날 혼내면 차라리 안 도되는 게 있었어요. 가장 힘센 사람에게서 앉아도 되는 허락을 받게 된 것 같아서. 그런데 힌트라고 해야 할까, 어쩌면 이 방법이 먹힐지도 몰라, 라고 하는 걸 의외로 악보에서 얻었어요. 어느 날 연습 중에 불현듯이 말이죠. 악보를 보면대에 펼쳐놓고 눈으로 보고서 할 때도 물론 많지만 막힘없이 연주하기 위해선 결국은 통째로 외워야 했거든요. 그런 경험들이 몇 번 쌓이고 난 뒤부터였던 것 같아요. 인기 많은 아이들을 아주 면밀하게 분석하기 시작했어요. 대학교 입시에 반영되는 평가가 이루어지는 실기나 개교기념일 행사와 졸업식 같은 대내외적인 연주회 일정이 잡히면 지정곡들을 나름대로 해석하는 것으로 시작했던 것처럼. 할 수만 있다면 똑같이 따라하고 싶었어요. 그럼 나도 인기가 많아질 테니까. 적어도 버스에 타야할 적마다 이번엔 누구 옆자리에 앉지, 하는 것을 걱정하지 않아도 될 테니까. 나름대로는 마치 실기를 준비하는 것처럼 열심히 했어요. 반 아이들 중에 인기 많은 아이들을 관찰했어요. 꼭 우리 반뿐만 아니라 전교에서 그런 유명한 아이들도 포함시켰는데, 한 학년 선배라고 해도 상관없었어요. 하여간에 그런 사람들은 전부 다. 신기할 정도로 다 달랐던 것 같아요. 그 점에 놀랐거든요. 거기서 내가 따라할 수 없는 게 훨씬 많았어요. 타고나야 되는 게 아닌가 싶은 것들이 많았어요. 내가 잘할 수 있는 건 음악인데, 고등학교이긴 해도 어차피 예술을 전공으로 하는 아이들이라서 다들 자신들이 가진 특기는 잘했어요. 그건 그러니까 없는 셈 쳐야하는 것이었죠. 그러니 플러스원이 필요했던 거예요. 하나 더. 그게 있는 학생들이 인기가 있었어요. 아무도 모르게 나 혼자서 한동안 계속 이어나갔었던 관찰의 결론은 그거였어요. 내게도 늘 해오던 음악이라는 것 말고 다른 무언가가 필요해, 라고 하는 생각. 혹은 결심. 좀 전에도 말했지만 따라하고 싶다고 해서 따라할 수 있는 건 아니었어요. 예를 들어 타고난 친화력 같은 건 흉내조차 낼 엄두가 안 났어요. 그건 그냥 되는

비행기 엔진 소리 또 침을 삼킨 후의 말들

사람이 되는 것 같았거든요. 확실한 건 난 그런 게 가능한 사람이 아니었어요. 따라하다간 꼴만 우스워질 것 같았어요. 하나씩 지워나가다 보니 결국 남은 건 하나뿐이었는데, 옷이었어요. 옷이랑 신발, 거기에 헤어스타일. 이거면 가능할 수도 있겠다고 생각했던 것 같아요. 가능성이 있겠다. 한번 해보자. 그런 식으로 엄두가 났다고 해야 하나, 자신감이 생겼는데, 암튼 그랬어요. 그렇다고 해서 그동안 별로 있지 않았던 관심이 갑자기 큰 사이즈로 부풀어 오르는 것은 아닐 테지만 최소한 그런 척은 얼마든지 할 수 있을 거라는 생각을 했어요. 방법도 간단했어요. 잘 입는 애들을 눈여겨봤다가 같은 옷을 구매한다거나 인터넷에서 연예인들이 입는 스타일을 찾아서 그대로 흉내 내면 됐으니까. 반응은 즉각적으로 오더라고요. 너무 금방. 사복을 입을 기회가 왔을 때 그런 식으로 변신을 해봤더니 애들의 눈길이 달라지는 것 같았거든요. 그동안 무시하는 것 같이 말도 안 걸고 상대도 안 해주던 애들이 말이죠. 눈빛만 보내고 새침하게 입을 다물고 있는 경우가 훨씬 많긴 했지만 개중에 자신의 감정에 솔직한 애들은 나한테 말로 표현도 직접 해줬어요. 어울린다고. 그거 어디서 샀냐고. 너 뭔가 달라진 거 같다고. 그때부터 훨씬 과감해진 것 같아요. 인정을 받았으니까. 방향을 제대로 잡았다고 확신했으니까요. 계속 이렇게 한다면 같은 반에서도 친한 친구들을 사귈 수 있을 것 같았고 인기가 많아질 것 같았어요. 우리 학교는 특별한 날이 아니고서는 항상 교복을 입어야 해서 튀어 보이는 게 쉽지 않았어요. 수학이나 과학이나 영어보다는 당연히 예술을 중점에 둔 학교이긴 하지만 교칙도 상당히 엄격한 편이어서 머리에 염색을 과하게 하는 것도 안 됐어요. 당연히 탈색도 안 됐고 컬러도 화려하면 안 돼요. 그래도 방법은 다 있더라고요. 교복치수 조정, 카디건, 조끼, 신발, 양말, 반지, 귀걸이, 향수, 헤어스타일, 말하자면 이런 것들로요. 교복도 여러 벌을 가지고 있는 거죠. 아직 기억나는 일이 있는데, 어떤 애가 자신은 치수를 전부 다르게 해서 일곱 벌을 가지고 있다고 자랑스럽게 말했었는

비행기 엔진 소리 또 침을 삼킨 후의 말들

데 그때 난 그쯤은 별로 대수로운 일이 아니라는 얼굴을 지어보였어요. 마치 나도 그 정도는 가지고 있다는 양. 속으론 너무 놀랐으면서도. 신기하게 옷을 잘 입는 아이들은 그런 걸 본능으로 아는 것 같았어요. 학교에서 교과목으로 배우는 것도 아닌데. 그런 걸 가르치는 학원이 있는 것도 아닌데 말이에요. 근데 그 애들을 따라하는 게 버겁지만은 않았어요. 오히려 재미를 느꼈다고 해야 할까. 나중엔 따라하지 않고 내가 원하는 대로 그냥 막 입어도, 정말 막 입는다는 느낌이 들어도 같은 반 아이들한테서 스타일이 좋다는 얘길 들을 수 있었어요.

원하는 대로 된 거네요.

이젠 정말로 완벽하게 인정받았다고 느낀 순간이 있었는데 그날 화장실에 있었어요. 점심시간이 끝나갈 무렵이었을 거예요. 거울을 보고 있었는데 어떤 애가 두 걸음쯤 떨어진 등 뒤에서 너무 자연스럽게 하얀색으로 된 담뱃갑을 들어 보이면서 필래? 라고 했어요. 뒤돌아서 나? 라고 하니까 그렇대요. 같은 반 아이였어요. 항상 교실 맨 뒷자리에만 앉는 아이였고요. 그 애가 한 개비를 손가락으로 집어서 내 손바닥에 올려놓고 이어서 앞주머니에서 초록색 플라스틱으로 된 라이터도 꺼내 건네줬어요.

　　라이터가 무슨 색깔이었는지도 기억나는가 보군요.

　　스티커에 어떤 글자가 쓰여 있었는지도 한동안 기억했었는걸요. 수업 마치고 집에서 일대일로 레슨을 받았는데 엄마도 모르는 걸 대학생 과외 교사가 바로 알아차렸어요. 담배 연기에서 나오는 성분이 기타 줄에 묻으면 소리가 약해지고 만다고, 그렇게 딱 한 마디를 나한테 했어요. 별로 잔소리도 아니었는데 반항심 같은 게 생겼나 봐요. 난 속으로 겨우 그 정도 때문에 그럴 리는 없을 거라고 항변했어요. 손은 깨끗하게 씻으면 된다고 생각했고요. 그러면서 대마초를 피우면서 공연을 세 시간씩 펼치기도 하는 전설적인 록밴드의 기타리스트들은 도대체 어떻게 된 건가요? 하고 묻고 싶은 걸 참았어요. 그러면서 보란 듯이 숙제였던 부분들을 멋지게 연주해보였어요. 꼭 마치 내가 당신보다 더 잘해, 나이도 겨우 네 살밖에 차이가 안 나면서, 뭐 이런 느낌으로 말이죠. 그날 만약에 그 정도가 아니라 엄청나게 혼이 났더라도 전부 다 충분하게 튕겨내 버릴 수 있을 만큼이었어요. 팅팅팅팅, 이런 식으로.

담배 한 개의 위력이 방어막을 생겨나게 만들 정도였던 거군요.

너무 기분 좋았어요.

어떤 건지 나도 알 것 같은데요. 그런 팅팅, 하는 느낌.

한 2년 정도, 졸업할 때까지 그랬던 것 같아요. 유명하다고 말할 수준은 못 돼도 제법 스타일 좋은 애, 우리 반에서 존재감 있는 애, 그런 정도로는 줄곧 통했어요. 대학에 입학해서도 가장 먼저 신경을 쓴 게 외모가 되는 건 어떻게 보면 당연했어요. 전공인 음악보다 더. 일단 눈에 띄면 친구는 언제든 수월하게 사귈 수 있다. 그렇게 믿었고, 실제로도 그랬어요. 오리엔테이션에 갔을 적에도, 고등학교 때처럼 버스를 대절해서 야외로 엠티를 갈 때도 불안해하지 않았어요. 누구와 짝을 이뤄서 버스에 타야 하나, 같은 걱정거리도 저절로 사라지게 됐어요. 그쪽으로는 어느새 의식조차 안 하게 됐던 거예요. 신경을 쓰지 않아도 얼마든지 앉고 싶은 사람과 앉을 수 있었으니까요. 대놓고 말을 꺼내진 않지만 나와 앉고 싶어 하는 것처럼 느껴지는 사람들이 많이 눈에 띄었으니까 말이죠. 먼저 다가와서 내게 말을 건다든지 아니면 초콜릿이나 커피 같은 먹을 걸 나눠준다든지, 단체로 모인 자리에서 내가 하는 말마다 귀를 기울여주며 반응을 보여준다든지, 하는 것들을 볼 때면요.

 그랬군요.

 광장 같은 곳이 있어요. 거기가 캠퍼스 중심부쯤 될 텐데, 주변에 아무것도 지어진 것이 없는 공터처럼 굉장히 넓고 평평했어요. 또 바닥도 포장이 촘촘하게 잘 돼있어서 스케이트보드를 타는 학생들이 마음 놓고 점프 연습을 하거나 댄스 동아리 학생들이 바닥에 손을 짚거나 무릎이나 등을 대는 것도 가능한 그런 공간이에요. 그곳을 중심으로 해서 사방에 건

물들이 퍼져나가 있는 구조였고요. 한가운데에 있으니까 다른 건물에서 수업이 있다거나 그러면 웬만해선 거길 가로질러서 가는 게 가장 빨랐어요. 그날이 축제 기간이었거나 어떤 특별한 날은 아니었는데, 그냥 평소처럼 다른 건물로 수업을 가기 위해 광장 위를 걷고 있었던 거였는데 문득 너무 행복하다는 생각을 했어요. 구름과 바람이 전혀 없는 날이었고 얇은 겉옷만 걸쳐도 충분히 따뜻한 봄날이었어요. 나뭇가지에는 연한 색깔을 가진 어린 이파리들이 올라오고 또 어떤 가지에는 넋을 놓게 만들 만큼 화사하게 꽃이 폈고 어릴 때부터 꿈꿔왔던 음대생이었고 가고 싶은 대학에 온 것이었고 사람들의 시선을 즐길 만큼 스스로의 스타일에 자신이 있었고 소중하게 아끼는 클래식 기타가 들어가 있는 고급스러운 하드케이스의 손잡이 감촉을 느낄 수도 있었어요. 난 마치 슬로모션이 걸린 것처럼 가급적 천천히 광장을 걸으면서 지금 느껴지고 있는 이 기분을 좀 더 길게 만끽하고 싶었어요.

    광장 한복판에 틈새가 있었던 것이군요.

시곗바늘이 느리게 가는 공간 속으로 빨려 들어간 셈이고요.

아주 느려서 꼭 시간이 멈춘 것 같았어요.

웬만해선 헤어 나오는 게 불가능할 정도로 깊은 틈새였을 테고요.

현재의 상황과 주변에 있는 모든 게 나한테 호의적이었던 것 같았어요. 그렇지만 그 모든 건 내가 가진 오른손과 왼손이 콩쿠르라고 불리는, 클래식을 전공하는 음대생이라면 누구나 거쳐야 하는, 유명하고 전통적이고 필수적인 단계를 결코 통과해낼 수 없다는 걸 깨닫기 전까지였던 거예요. 내 몸을 둘러싸고 있었던 강하고 두꺼웠던 견고한 방어막은 그쯤에서 꺼졌어요. 탁, 하는 소리를 내면서. 완전하게. 전구 안에 있는 휴즈가 터져서 두 번 다시 원래대로 켜지지 않을 것 같이 무서울 정도로 날카롭게요. 순식간에 누구랑 같이 앉아서 갈 수 있을지 신경을 곤두세운 채 전전긍긍했던 시절의 나보다 더 약해진 상태가 된 것 같았어요. 그런 시절마저 되돌아가고 싶을 만큼 그리워졌거든요. 줄을 짚고 퉁기는 손에만 이상이 생기지 않는다면 말이에요.

그 정도로.

어떤 게 실은 나한테 더 중요했는지 알아버렸던 것 같아요.

알겠어요.

아까 당신이 그랬잖아요. 내가 별다른 의미를 두지 않고 무심코 던진 질문에 갑자기 무라카미 하루키의 산문집이 머릿속에 아주 선명하게 떠오르고 말았다고요. 근데 그건 당신 자신이 생각해도 이상한 연결이었다고. 홍콩을 가고자 하는 이유와 하루키의 산문집의 관계가 말이죠. 나도 그랬어요. 선생님이 답신으로 보낸 전자우편을 읽고 나서 그 자리에서 앉은 상태 그대로 생각에 잠겼는데 불현듯 사진이랑 전혀 관계없는 일들이 일제히 떠올랐어요. 고등학교 시절로 거슬러 올라가서 거기서부터 하나씩 하나씩. 그중에서 어떤 건 한동안 완전히 잊고 있었던 기억이었는데. 선생님은 변함없이 친절하고 다정한 음성을 닮은, 비록 자판으로 만들어지긴 했지만 정성들여 쓴 흔적이 보이는 문장으로 나한테 한 가지 요구를 해 오셨어요. 아니 부탁을 하셨어요. 제발 그 사진을 자신에게 돌려달라고. 그 사진은 오직 선생님 본인의 것이라고 말씀하셨어요. 당신이 그날 이후에 빼앗아간 내 사진을 이젠 원래대로 돌려주었으면 합니다. 서로가 다른 세계에 각각 놓인 것처럼 멀리 떨어져 있어서 그곳에선 보이진 않겠지만 두 손을 모아서 간곡하게 부탁합니다. 몹시 무거운 콘크리트 방파제처럼 단단하게 뭉쳐져 있었던 그 편지의 마지막 문단은 이렇게 끝이 났어요.

비행기 엔진 소리 또 침을 삼킨 후의 말들

9 　신중하게 한 발씩 내딛어서 테트라포드를 빠져나온 다음에 스쿠터 시동을 걸고 손잡이에 걸어놓았던 헬멧을 머리에 썼어요. 오른발을 발 받침대에 올려놓고서 핸드폰 전원을 켰을 때였는데 누군가로부터 디엠이 온 것을 알았고 즉시 그쪽으로 답장을 보낸 다음에 엑셀 스크롤을 손으로 당겼어요. 횡단보도 정지선에서 신호가 바뀌길 기다리는 동안에 또다시 디엠이 왔는데, 가장 먼저 오해라는 단어부터 눈에 띄었던 것 같아요. 나는 그것을 첫 줄부터 마지막까지 전부 읽었어요. 문장 자체는 어순이 정확했고 논리적이었기 때문에 헷갈리는 일 같은 건 없었지만 전체적인 내용은 그렇지 못했어요. 좀 이해가 되지 않는다고 해야 하나, 혼란스러웠거든요. 뭔가 잘못 보낸 게 아닌가 싶었던 거죠. 그래서 번거롭겠지만 수신인을 확인해 달라는 내용을 담은 메시지를 보낸 것이었는데 그 사람 역시 머뭇거렸던 낌새조차 없이 곧장 아니라고, 그렇지 않다고, 자신은 제대로 글을 작성했고 받아야 하는 사람이 누군지 확인을 한 뒤에 전송한 것이었대

요. 잠시 멍한 상태였던 것 같은데 신호등 색깔이 바뀌는 게 눈에 들어왔고, 나란하게 옆 차로에 멈춰 있었던 일 톤 소형트럭이 엔진음을 내며 먼저 앞으로 나아갔어요. 밤중엔 차가 거의 다니지 않는 완만한 곡선을 가진 2차선 해안도로를 시속 40킬로미터쯤으로 놓고 달렸을 거예요. 길가에 일정한 간격으로 세워진 가로등, 아스팔트가 깔린 도로, 하얀색 페인트가 그어진 차선 분리선 같은 것들을 보면서요. 조금만 더 고개를 들면 이삼 초에 한 차례씩 불이 켜지는 비행식별등을 설치해놓은 고층 건물들이 눈에 들어오는 장소이기도 해요. 바람이 해안 쪽에서 불어와 아무것도 걸치고 있지 않은 얼굴과 손등과 발목 같은 맨살에 직접 부딪쳐 닿을 적에만 느낄 수 있는 감촉이 있어요. 그날만큼은 그러한 풍경이나 공기의 감촉보다는 머릿속으로 계속해서 어쩌면 클라이언트가 될지도 모를 사람이 보내온 메시지를 떠올리고 있었어요. 할 수 있느냐, 혹은 없느냐의 문제가 아니라 이런 것을 수락해도 되는 걸까, 라고 하는 차원이었던 것이에요. 과연

✈ 비행기 엔진 소리 또 침을 삼킨 후의 말들

그 의뢰가 내가 직업으로 삼고 있는 일과 어떤 관련이 있는 것일까, 하는 고민을 좀 많이 했던 것 같아요. 보통은 클라이언트 쪽에서 의뢰가 들어오면 늦어도 이틀 안에는 검토까지 마쳐서 회신을 주거든요. 가능하다, 어렵다, 가능하지만 어떤 조건이 충족되어야 한다, 어렵지만 이쪽에서 내거는 조건을 들어줄 용의가 있다면 재고해볼 수 있다, 이런 식으로. 난 어렵다는 쪽으로 기울어졌어요. 아무리 이리저리 생각하며 둘 사이를 연관시켜보려고 해도 그 사람이 의뢰한 내용은 내가 하는 일과는 무관한 것처럼 보였거든요. 요구 받은 일을 하는 건 어려운 일이 아니었고 오히려 내가 이때까지 했던 일들 중에 어쩌면 강도로는 제일 약한 것일 텐데, 그렇지만 마땅한 이유를 찾는 게 어려웠어요. 조금 전에도 말했지만 연관성. 그리고 이런 것도 있었어요. 그 정도의 일이라면 얼마든지 하려고 덤벼드는 사람들이 넘쳐날 텐데. 힘이 드는 일도 아니고 상당한 기분전환도 될 것이고 또 보수도 아주 좋은 편이고. 그런데 어째서 굳이 나에게 맡기려고 하는 것이지? 하고요. 이미 고심하느라 이틀을 보내고 사흘째가 돼서야 결정을 내리게 됐던 터라 마음이 급했습니다. 거절을 하는 것도 어느 정도의 시간을 넘겨버리게 되면 안 되는 것이니까. 그때도 퇴근 후에 항상 헤드폰을 쓰고서 오랫동안 머무는 그 장소에 있었던 거였어요. 이제 그만 돌아가야지, 하는 생각이 들긴 했어도 몸은 움직여지지 않았어요. 어서 이곳을 나가서 그 사람에게 연락을 해야지, 해야지, 그러고만 있었던 것이죠. 방파제를 세게 덮친 파도의 일부가 내 쪽으로 날아들었는데 팔소매가 제법 축축해졌어요. 그 부분에 대충 손가락 하나를 갖다 대고 별로 힘주지 않은 상태로 누르기만 해도 쉽게 물기가 주룩, 하고서 배어나올 정도였어요. 이젠 정말 돌아가 봐야 할 타이밍이 온 거로군, 하면서 후아, 하고서 이상한 소리를 입 밖으로 내기도 했었어요. 그쯤이었는데 문득 누군가가 나와 아주 가까이 있다는 걸 알았어요. 여기가 어디지 하는 따위의 염려를 떨쳐버리고서 조심하지 않고 좀 대범하게 걷는다면 네 걸음쯤이면 충분히 닿을 만한 거리였

✈︎ 비행기 엔진 소리 또 침을 삼킨 후의 말들

고요. 바로 직전에, 그러니까 파도가 한 차례 요란하게 소리를 내며 테트라포드에 닿을 때쯤 온 것인지 아니면 이곳으로 발을 들인지 이미 꽤 된 것인지는 알 수 없는 일이었지만 분명한 건 언제 이쪽으로 온 것이든 간에 이 장소에 있는 모습이 꽤나 자연스러웠다는 거예요. 말하자면 인공구조물의 콘크리트 표면에 셀 수 없이 많이 패여 있는 미세한 구멍들 사이로 물방울이 스며들 듯이 여기 공간에 어느새 녹아져 있다는 인상이었다고나 할까요. 똑바로 내 쪽을 향하고 있었던 건 아니고 비스듬하게 몸을 등진 채로 사진기를 들고서 뭔가를 찍고 있었는데, 어차피 나를 향해 돌아서 있다고 해도 조명이 따로 있는 것도 아니고 생김새를 자세히 뜯어보는 건 이미 불가능한 시간대였어요. 그래도 체형이라든가, 렌즈를 다른 것으로 갈아 끼우는 모습이라든가, 한 손으로 카메라 밑 부분을 받치고 남은 한 손으론 눈가 가까이에 대고서 셔터를 누르는 듯한 모습 같은 실루엣은 어느 정도까진 시야에 그대로 잡혔던 것 같아요. 잠자코 그쪽으로 시선을 주고 있다가 쓰고 있었던 헤드폰을 막 벗었을 때 카메라 셔터음이 한 차례 울렸어요. 무척 짧았던 데다 희미할 만큼 작았기 때문에 파도와 바람 소리에 완전히 묻힐 법도 한데 유별날 만큼 선명하게 귓가에 들어왔어요. 그런 뒤에도 꽤 길게 여운을 남겼는데, 화소 면에선 우위를 차지하게 된 초소형 렌즈를 탑재하고 있는 최신식 스마트폰이라고 하더라도 결코 똑같이는 따라 하기 힘든 아날로그로 작동하는 기계음이라고 확신했어요. 디지털 전자 방식으로 듣기에 적당한 효과음을 재현해내는 것과 직접적으로 덩어리처럼 한데 뭉쳐진 공기를 일순간에 다른 쪽으로 밀어내면서 기기 내부에 마련된 한 지점에 어떠한 상을 단단하게 새기듯이 찍어내며 꼭 그만큼의 무게가 실려 있는 소리를 필연적으로 일으키는 것은 서로 간에 다른 차원의 일일 테니까요. 몇 걸음 떨어져있다고는 해도 워낙에 좁은 장소였으니까 같은 공간에 단둘이 있는 것이나 마찬가지였어요. 잠시 동안 사진만 몇 장 찍고 처음에 나타났던 것처럼 조용하게 어디론가 사라져버릴 줄 알았는데 어디 안 가고 벌써 한 시간째 이곳에 머물러 있는 거였어요. 그러는 사이에 나는 대부분의 시간을 적당한 곳에 걸터앉아 헤드폰을 무릎에 대강 걸친 상태로 아무데나 만지작거리며 있었고 사진기를 들고 있는 쪽은 나한테는 뒷모습을 주로 보이며 선 채로 아주 조금씩만 좌우로 왔다 갔다 하며 이동하는 식이었죠. 마치 어느 한 지점을 마음속으로 미리 정해둔 다음에 거기를 조금 벗어났다가 되돌아오고 또 아주 조금 벗어났다가 되돌아오길 반복하는 것처럼 보였습니다. 카메라 렌즈가 이쪽저쪽으로 향하도록 방향은 연신 바꾸면서도 정작 셔터는 여간해선 잘 누르지 않는 것 같았어요. 이쯤이면 귓가에 착 감기는 듯한 그 사진기 소리를 또 들을 수 있는 것이겠지, 하며 내심 기대해봤지만 좀처럼 셔터 버튼에 올라가 있는 검지에 쉽게 힘이 들어가지는 않는 듯했어요. 어느덧 숨까지 죽이며 양쪽 귀를 최대한 길게 세워서 지켜보게 되었는데, 아무리 봐도 이만하면 누를 만한 타이밍인데도 어딘가를 향해 렌즈를 겨누기만 할뿐 끝내 셔터를 누르지 않는 것처럼 느껴졌던 거예요. 그러다가 기다리는 걸 포기할 무렵에서야 겨우 사진이 한 장 찍히는 것에 동반되는 소리가 나더라고요. 역시 육중하다고 느껴질 만큼 단단했고 그래서인지 허공 속에 진동 같은 여운을 남겼어요. 이를테면 착, 이라거나 찰칵, 보다는 차라리 철컥, 하는 것에 더 가까웠어요. 하지만 자꾸만 듣고 싶어지는 그 소리를 들을 수 있는 기회는 그리 빈번하게 주어지지 않았죠. 바람이 불어오듯이 내가 있는 쪽으로 전달되어지는 그 사람의 인상 가운데에는 할 일도 했고 볼 것 다 봤으니 이곳을 당장에 떠나려고 하는 낌새 혹은 패키지 여행객들이 가지는 조바심 같은 게 조금도 들어가 있지 않았어요. 어째서 그런 생각이 드는지는 알 수 없어도 내가 먼저 이 장소를 벗어나서 집으로 돌아가더라도 언제까지나 여기에 오랫동안 머물러 있을 것만 같았어요. 오히려 한 발만큼만 겨우 내딛을 수 있는 테트라포드 끝 부분에 다가서서 종종 가슴이나 턱 높이까지 큼지막하게 튀어 오르는 파도쯤은 그러든 말든 별로 신경 쓰지 않으

비행기 엔진 소리 또 침을 삼킨 후의 말들

며 밤새도록 카메라를 양손으로 움켜쥐고 있을 것 같았어요. 나는 헤드폰을 접어서 크로스백에 집어넣은 뒤에 바닥을 손으로 짚으며 몸을 일으켜 세운 후 되도록 어떠한 바사삭거리는 소리도 내지 않으려 주의하면서 테트라포드 더미 틈새를 천천히 빠져나왔어요. 그러는 사이에 뒤쪽에서 철컥, 하는 기계음이 들려왔어요. 그랬던 것 같아요.

결국 사흘째마저 넘기고 말았을 테죠.

이미 다음날 새벽이었어요.

완전하게 넘어가버렸네요.

나흘째가 되고 말았습니다.

둘러대지 그랬어요. 어떤 사정이 생겨서 회신이 많이 늦었다고 말예요.

변명을 하거나 사과를 하진 않았어요. 집으로 돌아가서 우선은 씻었어요. 간단하게 샤워만 했던 게 아니고 욕조에 온수를 받아놓고 삼십 분 정도 온몸을 담그고 있었죠. 그러고선 전자레인지로 즉석 카레를 돌려 접시에 적당한 양만큼 덜어놓은 쌀밥 위에 부어서 먹었고요. 커다란 숟가락으로 팍팍 퍼먹었던 것이죠. 냉장고에서 캔 맥주도 꺼내서요.
 약간은, 여유를 부렸던 거네요.
 아주 많이. 딱히 이유는 알 수 없지만 그냥 그러고 싶었어요.
 연주를 망치면 두 가지였던 것 같아요. 다음 연주회까지 시간이 몇 달이나 남았는데도 그날 저녁부터 마치 내일이라도 무대에 설 것처럼 연습을 하거나 아니면 정반대로 일주일 가까이 연습을 단 한 번도 안 한 채 잠을 자는 거죠. 잠에서 깨더라도 절대로 기타엔 손을 대지 않고 침대에 누워만 있는 거예요. 음악도 듣지 않고 오로지 핸드폰만 만지작거리면서. 손이 다 굳어버려서 다시 원래대로 돌려놓으려면 시간이 많이 걸린다는 걸 뻔히 알면서도.
 그 일을 맡겠다고 했어요. 테이블을 깨끗이 비우고 랩톱을 올려놓은 다음 그 사람이 알려준 주소로 메일을 보냈던 거예요. 직접 대면해서 계약서를 쓰지 않는다면 이왕이면 디엠보다는 메일 계정을 통해서 연락을 주고받는 편이에요. 그게 더 공신력이 생긴다고 믿고 있어서 그래요. 물론 그게 그거일 수도 있을 테지만요.

생각이 바뀐 모양이네요. 그 사이에.

그대로였어요. 처음 의뢰를 받았을 때부터 하고 싶었으니까. 한 번도 해보지 않은 일이었고, 그래서 어떨지 궁금했어요. 그래서 하고 싶었어요. 생각은 줄곧 그대로였던 셈인 것이죠. 단지 바뀐 건 이유에 관한 것이었어요. 의뢰를 받은 내용과 내가 직업으로 삼고 있는 일의 연관성을 어느 순간에 찾았어요. 결정을 내렸으니까 그쪽으론 더 이상 아무런 생각도 안 하고 있는 줄 알았는데 그게 아니었나 봐요. 나 자신도 아무런 의식을 하지 못 한 채로 그곳에서 파도 소리와 셔터음을 듣고 누군지 알 수 없는 카메라를 손에 든 어느 사람의 모습을 바라보고 있는 동안에, 끊임없이 내 안 깊숙한 어딘가에서 그 둘 사이를 접하도록 만들 수 있는 아주 작은 연결고리 같은 것이라도 열심히 파헤치고 있었나 봐요.

그 사람이 중요한 역할을 한 셈이네요.

내가 있는 걸 당연히 알 텐데 이쪽으론 눈길도 주지 않았어요. 고개를 돌리다가 우연하게 눈이 마주치는 경우를 빼면.

　얼굴을 본 것이군요.

　기억나요.

　들어보고 싶어요. 그 철컥, 하는 소리. 필름을 사용하는 아날로그식 사진기가 어떤 소리를 내는지는 모르고 있는 건 아니라고 할 수 있지만 그런 장소에서 듣는 건 다를 것 같거든요.

　거기선 파도 소리만 들려와요. 그리고 바람 소리. 다른 건 아무것도 들리지 않아요. 이따금씩만 철컥, 하는 소리가 났고요.

　용케 그곳을 알고 찾아온 거였네요. 들어오는 게 절대 쉬운 일이 아니라면서요. 조금만 멀찍이 떨어져서 보면 도저히 들어갈 수 있을 만한 틈새도 보이지 않구요. 우연하게 발견한다고 해도 실제로 미끄러운 방파제를 발로 딛는 건 또 다른 차원일 테고요.

　네.

　그런데도 해낸 것이네요.

　음. 그때 내가 받았던 인상은, 아까 잠시 말했던 것 같은데 그냥 자연스러웠어요. 원래부터 이곳을 알고 있었던 사람처럼. 사진작가로서 모험심이 투철해서 그곳까지 힘겹게 꾸역꾸역 찾아온 게 아닌 것 같았어요. 마치 뭐랄까, 한쪽 어깨에 사진기를 걸치고서 해안을 따라 빠르지 않은 속도로 한동안 걷다가, 그래 이쯤에서 잠시 머물며 작업을 좀 하다가 가자, 하는 느낌. 그런 거였어요.

　우연한 일이라고 생각하고 있군요.

　그곳에서 다른 사람을 만난 건 처음이었어요. 조금도 생각지도 못 한 일이었달까, 좀 놀라고 말았어요. 하지만 완전하게 그 반대일 수도 있긴 해요. 그 사람 입장에선 오래전에는 오직 자기 자신만이 이곳을 알고 있었는데 오랜만에 다시 와서 보니 어떤 낯선 사람이 헤드폰을 쓴 채 당연한 듯이 한쪽 구석에 걸터앉아있으니까요.

　어떤 작업을 하고 있는 거였을까요. 어두워서 아무것도 보이지 않았을 텐데.

　플래시를 사용하진 않았던 것 같아요. 이 정도면 적극적으로 사용하는 편이 정상적일 것 같았는데 그렇게 하지 않았거든요. 그리고 어쩌면 만약 그 사람이 플래시를 사용했더라면 그곳에서 서둘러 빠져나오게 됐을런지도 몰라요. 좀 싫었을 것 같거든요. 번쩍거리는 건 그곳과 어울리지 않아요.

그럼 혹시 정반대로 바뀌었을지도 모르네요.

어떤 것이요?

클라이언트에게 보내는 회신의 내용 말예요.

그랬을 거예요. 충분하지가 않았을 테니까.

어떤 작업이었는지 보고 싶어지네요.

궁금하세요?

그런 것 같아요. 플래시를 사용하지 않았다고 하니까 더욱. 나 같았어도 그런 장소에선 플래시 없이 작업을 했을 것 같거든요.

아무것도 보이지 않는 사진을 손에 넣으려는 건 아닐 텐데. 짐작하는 것보다도 훨씬 더 컴컴하거든요. 이상한 곳에 잘못 들어와 버렸다, 하는 생각까지 들 정도로.

그런 건 꼭 아닐 수 있어요. 플래시를 터트리지 않아도 필요한 만큼 빛을 이용할 순 있거든요. 물론 충분한 자연광이나 인공적인 조명을 사용할 때보단 약하긴 해도요.

별빛이나 달빛은 거의 항상 있어요.

그런 걸로요.

가령 해안에서 아주 멀리 떨어진 컨테이너 수송선의 갑판 쪽에 달린 희미한 조명을 통해서라도 말인 거죠?

주위에 있는 어떤 것이라도요.

뭔가 마법을 부리는 것 같은데요.

재밌어요. 직접 해보면요.

말처럼 그리 간단하진 않을 테고요.

이 분야에서도 숙련된 기술은 당연하게 필요해요. 예를 들어서 렌즈 속에 들어있는 조리개를 이 정도로 조절하면 실제 어떤 사이즈로 현상했을 때는 어떻게 나오겠다, 라고 하는 것에 대한 감도 필요하고요. 그런 건 이름만 대면 알 만한 유명 사진가가 지은 두꺼운 교본을 파고드는 식의 이론적인 공부 방식보단 자기 자신만의 숱한 경험에서 비롯된다고 봐야겠죠. 간혹 타고난 감각 같은 것을 가지고 있는 사람은 예외일 수도 있겠지만요. 감탄을 자아낼 만큼 대단한 작품과 그저 그렇고 별 볼일 없는 작품은, 특히나 피아식별조차 어려울 만큼 어두운 장소에서 플래시도 없이 작업을 한 경우라면, 보통은 아주 미세한 부분이라서 그 차이점을 알아보기가 쉽지 않을 수 있지만 극도로 예민한 감성을 지닌 어떤 부류의 사람들은 그걸 분명하게 알아차릴 수 있어요. 단순히 오 그렇군, 하는 수준을 넘어서서 진심으로 감탄을 한 나머지 자신도 모르는 새에 그런 사진을 가지게 된 사람을 향해 부러움이나 질투를 느낄 만큼.

비행기 엔진 소리 또 침을 삼킨 후의 말들

10 선생님께서 회신을 주셨던 그날, 자려고 수도 없이 베개를 연신 뒤집고 반대편으로 돌아누우며 애를 써 봐도 잘 되지 않았어요. 한참을 뒤척인 후에야 몸을 일으켜서 침실 어딘가에 숨어있는 어린 시절의 앨범을 찾아서 꺼내들었어요. 성인이 되기 전까지의 모습들이 키가 커가는 순으로 담긴, 오래된 먼지가 층층이 쌓여있고 촌스럽고 낡아빠진, 진짜 가죽인지는 확인할 길이 없지만 그런 색깔과 냄새와 감촉으로 된 커버를 지닌 사진앨범이에요. 언제 마지막으로 열어보고서 덮은 거였는지 기억도 나지 않았어요. 중간쯤으로 넘겨서 클래식 기타를 전공으로 삼기 위해 진학한 예고 학생이었던 시절부터 유심히 보게 됐던 것 같아요. 긍정적인 쪽으로든 부정적인 쪽으로든 선명하게 변화하기 시작한 건 그 즈음부터였으니까. 그러고는 곧장 작업실로 건너갔을 거예요. 그 시절에 어울렸던 아이들과 함께 찍은 사진을 그대로 펼쳐놓은 상태로. 그때는 뭐든 과했던 것 같아요. 컬러도, 길이도, 사이즈도, 표정도, 화장도, 행동도. 화장실에서 나한테

담배를 건네줬던 그 애도 있었어요. 그렇게 무섭게 생긴 아이가 아니었는데. 인상을 좀 쓰고 있긴 했지만 예쁘장하고 가만히 보면 사실은 꽤 귀여웠는데. 그래봤자 아직 스무 살도 되지 않은 어린 애였는데. 지금쯤 얘도 나처럼 나이가 들었겠다, 생각하면 좀 이상한 기분이 들어요. 결혼을 해서 아이가 둘이나 있을지도 모르죠. 책상 스탠드 불을 켜놓고는 내가 그동안 찍어왔던 사진들 가운데서 연도별 일련번호를 매기기 위해 스냅용으로 작게 현상한 것들 중 일부를 꺼내서 한 장씩 눈으로 대강 훑으며 차례대로 넘겼어요. 두 손으로 한꺼번에 잡은 다음에 책상에 탁탁 가볍게 내리쳐서 귀퉁이마다 튀어나온 구석이 없도록 만든다면 한쪽 손아귀에 잡힐 만큼이어서 아주 두꺼운 수준은 아니었지만 그래도 기간으로 보면 몇 년 치는 됐을 거예요. 적어도 오륙 년에 걸쳐서 찍었던 것들. 고개를 끄덕이게 됐던 것 같아요. 꺼내들었던 작품들을 전부 다 보고나서는 말이죠. 수긍하게 됐다고 해야 하나 아니면 이해하게 됐다고 해야 하나, 암튼 그랬어요. 난 선

✈︎ 비행기 엔진 소리 또 침을 삼킨 후의 말들

생님에게 소중했던 사진을 빼앗은 거였어요. 처음엔 나 자신도 모르게. 하지만 어느 순간부터는 알게 됐을 거예요. 아주 분명하게. 내가 선생님의 사진을 빼앗고 있는 중이구나, 하는 것을. 난 그걸 알고 있는 상태였을 거고 내가 우연한 인연과 기회로 몇 차례의 개인 전시회를 한 것과 출품한 작품으로 서울에서 열린 인터내셔널 사진제에서 입상한 것을 계기로 사람들 입에 오르내리고 작가나 평론가 같은 전문가들과 애호가들 사이에서 주목을 받기 시작한 이후부터는 선생님도 그걸 인지하셨을 거예요. 전자우편을 한 번씩 주고받았던 그날이 지나고 나서부터는 선생님께 연락을 하지 않았어요. 단 한 차례도. 언젠가 딱 한 번, 선생님이 보낸 편지가 메일박스에 도착해서 모니터에 팝업으로 알림 메시지까지 떠오른 적이 있었지만, 분명히 그걸 직접 보았는데도 열어보지 않았어요.

    일부러?

    고의적으로.

    그랬군요.

그때부턴 내 힘으로 잃어버린 원형을 찾으려고 엄청나게 노력했던 것 같아요. 선생님의 도움을 받지 못 하게 됐다는 게 확실해졌기 때문에 혼자 힘으로 어떻게든지 해결을 해야 했어요. 이제껏 찍었던 사진들에서 나타나는 특정한 공통점을 찾는 방식으로요. 거꾸로 들어가 봤던 것이죠. 평소 작업의 역순으로. 교양수업 강의실에서 선생님이 한 장씩 슬라이드를 넘기면서 보여주셨던 하나의 사진이 오랜 시간이 지나서 내 작품 활동의 원형이 되었던 것이었고 그것을 언제나 염두에 두고서 작업을 했기 때문에 내가 찍은 모든 사진에는 작든 크든 그 흔적이 남아있을 거라고 믿었어요. 어지간한 노력으론 찾아내는 걸 그만 포기하게 만들 만큼 아주 깊은 지점에 꼭꼭 숨어있더라도 말예요. 인내심을 갖고서 장소나 공간도, 시간도, 환경도, 컨디션도, 또 우연이라고 하는 요소까지도, 그렇게 전부 다 다른 사진들 사이에서 난 차근차근 대조를 해가면서 공통점을 찾기 시작했어요. 이거다 싶다가도 만약 다른 사진에선 그런 게 눈에 띄지 않는다면 아

✈   비행기 엔진 소리 또 침을 삼킨 후의 말들

쉽지만 머릿속에서 잊어버리고 다른 것을 찾았어요. 그런다고 해서 작업을 쉬었던 건 아니었는데 평론가들이나 애호가들 사이에서 비록 좋은 얘기를 듣진 못했지만 그래도 계속 이어나가긴 했던 거죠. 어쨌거나 그러는 것도 중요하다고 생각했으니까. 한 평론지에는 운동선수에 나를 비유하기도 했어요. 초반엔 전에 못 보던 새로운 감각으로 반짝 두각을 드러내던 선수였지만 아주 빠르게 빛을 잃어가고 있다는 식으로. 그래서 또 하나의 그저 그런 선수로서 닥치는 대로 경기를 치르다가 어느 날 갑자기 아무런 소리도 내지 않고 작업 활동을 중단하게 되고 말 거라는 내용이었어요. 은퇴식도 없이 아주 조용히 대중들 앞에서 사라지는 대다수의 운동선수들처럼 말이죠. 그런 얘기가 너무 듣기 싫어서 최대한 이전에 했던 작품들을 본 따서 작업을 하기도 했었는데, 또 그렇게 해도 안 좋은 소리를 듣는 건 마찬가지였어요. 오히려 거세지면 거세졌지, 못하진 않았어요. 발전이라고 할 만한 것을 찾아볼 수가 없고 어디까지나 예전 것들의 자기복제일

뿐이라고 비난했어요. 원형을 찾는 일이 뜻대로 잘 되지 않았기 때문이었겠지만 그 즈음엔 많이 지쳐버렸어요. 그냥 이쯤에서 관둘 수밖에 없다는 생각이 들었지만 나중에 후회는 하고 싶지 않아서 딱 한 번만 더 해보기로 했어요. 말 그대로 모든 걸 쏟아 부어서 제대로 크게 맞붙어볼 작정을 했던 거였어요. 정해둔 날이 되었고 그날은 작업도 오전 중에 다 끝내놓은 상태에서 오후에는 푹 쉬었어요. 정신까지는 어떻게 해볼 순 없어도 신체만큼은 최대한 편안한 상태를 만들어놓자고 미리 다짐해놓았던 거였으니까요. 조금 일찍, 그렇지만 아주 느긋하게 저녁 식사를 마쳤고 머그잔에 따뜻한 커피까지 채워서 작업실 책상에 앉았어요. 목표로 세웠던 시간은 딱 열 시간이었어요. 찾든 못 찾든 시간은 거기까지라고 생각하기로 맘먹었어요. 시간을 정해두지 않으면 또 한없이 늘어질 것만 같았거든요. 평소에 아끼는 대표적인 사진들만을 추린 다음 가지런히 나열해놓았어요. 그러고선 한 장씩 분석해 들어간 거예요. 정말 눈에서 초록색 레이저가 나올 것 같은 느낌으로요. 마치 이 사진들을 처음 대하는 사람이 돼보려고 했던 것 같아요. 그렇게 어쩌면 마지막일 수 있는 원형 찾기에 돌입했던 거였죠. 머릿속으로 계획했던 대로. 딱 그렇게. 저녁 일곱 시쯤에 시작한 대조작업이 일단락이 된 건 다음날 새벽이었어요. 판단을 내릴 수 있었던 게 아니라 도무지 모르겠다는 식으로 우선은 억지로 끝낸 거였어요. 몹시 피곤하기도 하고 아무튼 기진맥진 상태가 돼버렸으니까. 반쯤 남은 커피는 밤새 차가워져버렸고 아주 짧고 가느다란 실 같은 먼지도 두세 개 떠 있었어요. 그대로 머그잔을 집어 들고서 문을 열고 밖으로 나가 개수대에 엎었던 기억이 나요.

시험을 잘 보았든 그렇지 않았든지 간에 하여간 종이 울리면서 일단락은 되었던 거네요. 밤새 암기하고 이해한 내용을 잉크 냄새가 진동하는 시험지에 한 자라도 더 적어놓고서 앞으로 걸어 나가 교탁에 올려놓은 다음 교실 문을 열고 밖으로 나온 것처럼 말예요.

그 정도로도 모자라 아예 운동장을 가

로질러 교문을 나서버린 셈일 거예요. 학생, 어딜 가는 거야? 하고서 수위 아저씨가 등 뒤에서 묻는데도 뒤를 돌아본다거나 아무런 대꾸도 하지 않은 채로 말이죠.

 잘한 일 같은데요.

 그때 느낀 혼란스러운 마음은 어느 정도 시간이 지났기 때문에 지금은 상당히 가라앉긴 했지만 깨끗하게 사라져버린 건 아니에요. 포기했고 완전히 단념한 일인데 촌스럽게 왜 또 이래, 하며 스스로에게 혼잣말처럼 타이르는 식으로 원형을 결국 찾아내지 못 해서 생겨나는 아쉬움 같은 감정을 억눌러야만 하는 때가 있어요. 순간적으로 불쑥 그럴 때가 있는 것인데 되도록 빨리 내몰아버리지 않으면 안 돼요. 주의에 소홀하거나 이젠 꽤나 익숙해졌다고 퇴치하는 일에 늦장을 부리거나 하면 번번이 상당히 골치 아파지죠. 한번 그 생각에 사로잡히면 당장 해야 할 작업이 있는데도 손에 잡히지 않게 되거든요. 하루를 통째로 날려버리는 경우도 당연히 있고요. 그래서 되도록 그쪽으로는 조그만 여지도 안 주려고 해요. 이런 것도 훈련이 가능한 모양인지 내면에서 종종 일어나는 혼란스러움과는 별개로 이젠 제법 안정적으로 작업이 가능해졌어요. 일부러 의도한 것은 아니지만 결과적으론 그렇게 됐네요.

도대체 어떤 사진이었는지 궁금해지네요.

모든 게 아주 어렴풋하게만 남아있어요. 시선을 주지 않고 있으면 오히려 시야에 들어오는 것 같으면서도 정작 그쪽으로 똑바르게 시선을 맞추면 하나도 보이지 않는 상태가 되는 것처럼요.

어둠 속에 들어가 버리는군요.

그 방파제 더미 속 같이 여간해선 접근이 어려운 장소이기도 하고요.

그렇다면 방법이 아예 없는 것도 아닌데요. 손바닥이 닿을 정도로 가까이 다가가면 안으로 들어갈 수 있는 틈새를 찾을 수 있으니까요.

여지는 조금 남겨두고 싶었어요.

알겠어요.

그런데 있잖아요. 이상한 일이지만 비록

그런 상태이긴 해도 내겐 다른 어떤 것과도 비교할 수 없이 소중해요.

 그 정도군요.

 기분 좋았고 즐거웠던 것에 관한 감각은 여태 남아있지만 구체적인 내용은 아무리 애써 봐도 잘 기억나지 않는 아주 아련한 추억 같은 일이 돼버렸지만 말예요.

 이곳에 와서 며칠 간 있다가 집으로 돌아가면 냄새, 소리, 피부로 느껴지는 밀도, 이 정도만 남게 되고 나머진 공기 중에 흩어져버리는 것 같았어요. 여러 번 비슷한 경험을 했어요. 분명히 많은 것들을 했고 또 여기저기 부지런히 걸어 다녔을 텐데 말이에요. 혹시 시간에 별로 구애받지 않는 것들만 남겨지게 되는 것이 이 세계의 법칙이나 원리 같은 거라면, 어쩌면 그런 것들이 사실은 어느 한 장소를 긴 시간 동안 기억하게 만드는 가장 중요한 요소들일 수 있다는 생각을 예전에 한 적이 있어요.

 횡단보도 신호등 소리가 들리는 것 같은데요.

✈ 비행기 엔진 소리 또 침을 삼킨 후의 말들

한 시간 정도 남았어요. 그럼 공항에 도착인 것이네요.

벌써.

화장실 좀 갈게요.

그 사이에 이것 좀 만져보고 있어도 되나요?

지퍼에서 고리를 빼줄게요.

완전히 쏙 들어와요. 양손을 각각 똑같은 모양으로 오므린 뒤에 위아래로 붙여 마치 캡슐처럼 만들면 손안에 든 건지 밖으론 거의 티가 나지 않을 만큼. 이거 있잖아요. 왠지 모르지만 손바닥 한가운데에 올려놓고 하염없이 가만히 들여다보고 싶어져요.

방금 있잖아요.

네.

조금 전과 같은 탄성이었어요. 헤드폰에서 들렸던 그때 그 소리가요.

비슷해요. 그런 소리는 누가 낸다 해도. 그리고 솔직히 말하면 조금 전 일이긴 한데도 내가 입으로 어떤 소리를 냈는지 기억이 잘 나지 않아요. 그런 것 같기도 하고 또 아닌 것 같기도 하거든요. 탄성 같은 소리는 의식을 잔뜩 하고난 다음에, 자 이제 해야지, 하고서 내는 건 아니니까.

    착각이었을 수도 있을 테죠.

    그래요.

    블루투스 헤드폰 속의 그 사람, 마치 실내에 다른 사람이 이미 들어와 있는지 모르고 숨소리마저 적나라하게 들리고 마는 적막한 밀폐된 공간 안으로 슬며시 들어와서는 문을 걸어 잠그고선 문밖에 있는 사람들에겐 절대로 들리지 않을 만한 크기로 가능한 한 숨죽여 혼자서 조용하게 탄성을 터트리는 것 같았어요. 누군가에게 들려주기 위한 것이 결코 아니었을 텐데도, 그럼에도 불구하고 어떤 일이 생겨나버린 거예요. 의도 같은 건 전혀 없었겠지만 결과적으론 누군가의 이전과 이후가 똑같을 수 없게 만들어버렸어요. 누군가에겐 자신이 마음속에 지니고 있는 일상의 무게를 재는 저울이 균형을 잃고 허물어지기라도 하듯이 한쪽으로 기울어져버리는 것일 테니까요. 엄밀히 말해서 우연했던 그 일은 이제 그 사람과

✈   비행기 엔진 소리 또 침을 삼킨 후의 말들

는 아무런 관계가 없을지도 모른다는 생각이 들어요. 그날의 일은 기억하고 있는 사람에게만 연관이 있는지도 몰라요. 그 사람은 지금쯤은 아무것도 기억해내지 못할지 모르고 어쩌면 직후에 바로 자기 자신이 좀 전에 그 같은 탄성을 내었는지조차도 떠올리지 못할 거예요. 손톱을 물어뜯는 잠버릇을 가진 사람이 항상 짧은 상태를 유지하고 있는 자신의 손가락을 들여다보며 어째서 그럴까, 하고 의아해하는 것과 마찬가지일지도 몰라요. 그 사람은 햇빛이 여간해선 들지 않는 검은 숲 쪽으로 모양과 컬러가 특별하며 크기가 작고 무게가 무척 가벼운 공 한 개를 손에 움켜쥐고 있다가 별로 수고를 들이지 않은 채 무심코 던졌고, 그것은 매우 우연하게 내 몸속으로 불쑥 들어왔어요. 한번 시작된 반동은 끝날 기미가 없이, 시간이 지나도 바닥에 부딪쳤다가 공중의 정점까지 똑바르게 떠오른 공의 직선상 길이가 좀처럼 줄어들기는커녕 오히려 눈에 띄게 늘어났어요. 애초에 인식이 가능한 상태로 외부에 머무는 대상이 아닌 것 같아요. 그것은 의식이 자체적으로 수용 가능한 범위를 압도적인 기량을 가진 멀리뛰기 선수처럼 단숨에 뛰어넘어 가장 깊숙한 지점까지. 순식간에 파고들어와 공명이라고 불러도 상관없을 만한 무언가를 일으켰어요. 우연하게 들어온 그 외부의 것에 나 자신조차 직접 만질 수 없는 내 안 어딘가에서 자연스럽게 반응하여 그쪽으로 팔을 뻗어 손을 댄 것이겠죠. 아마 그 순간부터일 텐데, 겉으론 표가 전혀 나지 않지만 속에선 가느다란 떨림 같은 게 도대체 언제까지일지 가늠이 되지 않을 만큼 멈추지 않고 계속되고 있어요. 거부할 수 없고 설령 그런다고 해도 소용없어요.

    화장실 간다고 했던 것 같은데.

    다녀올게요.

    금방 내가 말한 게 아니라 얘가 말한 거예요. 내 손바닥 위에 올라와 있는 아주 조그만 아이.

    알아요.

    어서 갔다 와요. 다르죠? 방금 이게 내가 말한 거예요.

✈ 비행기 엔진 소리 또 침을 삼킨 후의 말들

그것도 알고 있고요.

11

클라이언트가 작업과 관련된 미팅은 당분간은 되도록 직접적인 대면이 아니라 지금처럼 이렇게 서로 간에 메일이나 메시지를 주고받는 방식으로 이뤄지는 것이면 좋겠다는 것으로 자신의 의사를 내게 전해왔었는데 뭐 사실 그런 건 어떻든 상관없었어요. 곧장 회신을 보내서 괜찮다고 그랬습니다. 아무 상관없다고 말이죠. 직접 얼굴을 보고서 일에 관해 대화를 나누면 서로 간에 좀 더 의사전달이 분명해지는 건 있어요. 꼭 말로 하지 않아도 지어보이는 표정이나 사소해 보이는 행동에서 드러나지는 어떤 사인이나 요구사항도 있는 것이고요. 그리고 몇 줄 안 된다고 하더라도 문장을 작성해서 온라인 개인 계정으로 보내고 또 받고 하는 데에는 아무래도 시간이 조금 지체되는 면이 없지 않은데, 마치 꼭 한 개뿐인 무선마이크를 주거니 받거니 하면서 자신의 의견을 말하는 것처럼요. 직접 대면을 한다면 아무래도 일의 진행속도가 빠르긴 할 테죠. 그렇지만 그런 건 문제될 게 없어요. 본질적인 것도 아니고 중요한 것도 아니에요. 내가 조건

✈ 비행기 엔진 소리 또 침을 삼킨 후의 말들

으로 제시한 것들, 이를테면 작업을 맡아준 것에 대한 보수라든지, 기간과 작업시간이라든지, 종료기한과 연장에 관한 부분이라든지, 만일의 경우 추가적인 비용 발생에 관한 청구라든지, 하는 것들에 관해 그쪽에서 별다른 이의 없이 동의해줬어요. 상식적인 선에서 벗어나지 않게 요구한 거였고 클라이언트도 내가 어느 정도의 조건을 제시했다는 걸 충분히 잘 알고 있는 것 같았어요. 이런 것들이 내가 직업으로 삼고 있는 일의 본질적인 부분에 더 가까이 다가가 있다고 생각해요. 계약을 하면 아무리 프리랜서라고 하더라도 일정기간 동안에는 한 작업장에만 머무르는 것이기 때문에 만료일까지 채우려면 아직 상당한 시간이 필요했던 상황이었어요. 사 개월쯤이었던 것 같아요. 그래서 지금은 움직일 수 없고 그때까지 기다려달라고 했죠. 계약을 한 시점부터 일 년 안에만 작업을 하면 되는 것이었기 때문에 특별히 양해를 구해야 할 일은 아니었는데 그래도 당장 착수하지 못 한다는 데서 오는 미안함 같은 건 생기더라고요.

기다려준 셈이네요.

고마운 일이라는 생각이 들었습니다. 점점 시간이 지날수록.

사 개월. 그 정도면 다른 사람에게 맡길 수도 있었을 텐데. 아 너무 죄송해요, 다시 생각해보니까 그 정도는 기다려주기가 힘들 것 같네요, 그냥 다른 분에게 의뢰를 해볼게요, 하면서.

마냥 기다리기가 좀 힘들 것 같으면 솔직하게 얘기해달라고 한 적도 있어요. 그럼 계약 위반 같은 건 문제 삼지 않고 해지하는 것에 동의를 하겠노라고요. 그런데 아니래요. 자기는 내가 현재 속한 작업장에서 하고 있는 일을 완전하게 끝마칠 때까지 기다릴 거래요. 도중에 일부러 연락을 할 필요 없고 거기서 완전히 손을 떼면 그때 가서 연락을 달라는 거였어요. 그렇게까지 나오니까 초조해지는 건 오히려 나였어요. 그런 느낌 있잖아요. 이번에 의뢰받은 일은 허투루 해선 절대로 안 되겠는데, 하는.

정신 바짝 차리자!

이번 일을 망치면 큰일 나겠네, 같은.

✈ 비행기 엔진 소리 또 침을 삼킨 후의 말들

내가 보기엔 그 사람은 당신을 찍은 거였어요. 아무리 똑같은 직업을 가진 사람들이 많이 있다 해도요. 대학교 정문보다 더 넓다고 했었잖아요. 그 작업장 정문을 통해 사람들이 무리지어 우르르 빠져나온다고 해도, 다들 점프수트에 부츠를 신고 있다고 해도 클라이언트라고 하는 그 사람은 그중에서 오직 당신에게만 자신의 일을 의뢰할 것 같은데요.

나여야 할 이유 따윈 조금도 없을 텐데, 어찌된 영문인지는 몰라도 그 클라이언트만큼은 비슷한 복장을 하고 있는 무리 중에서도 나를 딱 지목해서 선택할 것 같긴 해요. 수가 아무리 많더라도. 만약 이유 같은 게 정말로 있다면 그건 그 사람만이 알고 있는 것이겠죠. 누군가가 나를 좋아한다면 그 이유는 내가 잘 알 수 없는 것처럼 말예요. 나 자신은 대강 짐작조차 할 수 없는 걸 좋아하고 있는 것이라면 더더욱 그럴 거예요. 예를 들면 나에겐 콤플렉스밖에 안 되는 곱슬머리를 좋아하는 것일 수도 있고 약간 앙상해 보이는 손가락을 좋아하는 것일 수도 있고 화상자국이 남은 손목을 좋아할 수도 있을 테니까요.

　　　가늘고 긴 손가락을 꽤 매력적이라고 보는 사람들도 적지 않아요. 곱슬머리는 일부러 펌도 하는걸요 뭐. 암튼 당신이 한 말 대로일 거예요. 다른 사람들에겐 찾을 수 없는 무언가를 의뢰를 한 그 사람은 당신에게서 발견한 것일지도 몰라요. 적어도 그 사람에게 당신은 다른 사람들과 똑같지 않아요. 하고 있는 일의 성격이 같고 점프수트를 입고 있는 것이 같아도 말이죠.

　　　당분간은 연락을 하지 않아도 된다고 클라이언트가 상당히 깔끔하게 매듭지어준 덕분에 현재 하고 있는 작업에만 신경 쓰면 됐어요. 그러니까 그 의뢰 건은 당분간 잊고 지내도 아무런 상관없는 거였죠. 나로서도 그게 편하고 좋았어요. 그 후로 시간이 얼마쯤 지나니까 아예 머릿속에서 떠올리지도 않게 됐던 것 같아요. 매우 중요하긴 하지만 당장은 처리하지 않아도 되는 서류철을 서랍 깊숙한 곳에 넣어둔 것 같이요. 그러고는 다시 원래대로 돌아왔어요. 주말을 제외한 낮 동안엔 일을 했고 퇴근하면 그곳에 들러 블루투스 헤드폰을 쓰고서 앉아 있었어요. 그래도 너무 오랫동안은 아니게끔. 집으로 돌아가는 발길이 잘 떨어지지 않더라도 오늘만 하고 말 게 아닌 것이니 일단 그만하자, 하고서 자리에서 일어서곤 했던 거였어요.

그 소리인 것이군요.

블루투스 기능을 켜면 어딘가로 연결돼서 그곳으로부터 흘러나오는 소리예요.

방파제 더미 속 그 장소는 어디에 있는 것인지 도무지 가늠하는 것조차 힘든 또 하나의 세계와 연결돼 있는 셈이네요.

한 번은 그곳에 앉아서 곰곰이 상상해본 적이 있거든요. 만약 지금 듣고 있는 이 소리를 이곳이 아니라 다른 곳에서 들어도 똑같은 기분이 들까, 하고서 말예요. 가령 만화책이나 하루키의 산문집을 쌓아놓은 스툴 옆에서 라디에이터의 온기를 느끼며 벽에 등을 대고 쪼그려 앉아있어도 마찬가지일까, 작업장에서 점심을 먹고 잠깐 남는 시간에 벤치에 드러누워 담배를 입에 물고 헤드폰을 껴도 지금 이런 느낌일까, 하고 상상해봤는데 아무래도 그럴 것 같진 않았어요. 물론 집이나 작업장에선 헤드폰에서 그 소리가 아예 나지 않기 때문에 사실상 비교가 불가능한 일이긴 하지만 그래도 왠지 그럴 것만 같았어요. 만약 이 장소가 아니라고 한다면 귓가에 들려오는 이 소리는 어쩌면 나에게 아무런 의미가 없을지도 모른다. 그게 내가 그날 내린 결론 같은 거였어요. 그 소리는 불협화음이라도 되는 것처럼 콘크리트 방파제와 이따금씩 요란할 정도로 몰아치는 파도와 모든 걸 날려버릴 기세로 불어오는 바람과 제법 잘 어울려요. 안 어울리고 어색한 느낌은 없어요. 또 사물들이 선명하고 뚜렷하게 보이는 낮 시간보단 어둡고 조금만 떨어져있어도 분별이 안 될 만큼 흐릿해져버리는 시간에 잘 어울리고요. 멜로디가 있는 노래거나 악기연주가 아니어서 그런 것일 수도 있는 것 같아요. 만약 소리가 그런 선명한 음악이었다면 그 정도로 오랫동안 매일 듣고 있지는 못 했을 것 같다는 생각이 들어요. 문외한인 주제에 그것도 사진작가가 바로 옆에 있

✈ 비행기 엔진 소리 또 침을 삼킨 후의 말들

는데 사진을 예로 드는 게 스스로가 우습기도 하고 긴장되기도 하지만 소리를 사진에 비유하면 그러니까 이런 거예요. 이미지는 우선 아주 어둡고 자세히 들여다봐야 겨우 뭔가가 희미하게 보이고, 그마저도 말도 안 될 만큼 형상이 심하게 흔들린다. 더 세련되고 전문적인 용어를 사용해서 말하고 싶지만 지금 이 정도가 내가 사진 이미지를 가지고서 말할 수 있는 최선이라고 받아들여주면 좋겠어요. 도대체 어떤 형상을 담고 있는 사진인지 알 수 없기 때문에 계속해서 들여다보게 되는 경우가 있는 거잖아요. 그런 것 같아요. 소리에 자꾸만 귀를 기울이게 되는 것도. 블루투스로 연결되는 그 소리는 음으로 이루어져 있어요. 대화가 말로 이뤄진 것처럼 말이죠. 음들은 한동안 끊어지지 않고 줄곧 이어지기도 하고 또 한동안은 거의 아무런 소리를 내지 않기도 해요. 마치 교실 같은 장소에서 숨을 죽인 채 작은 소리로 말을 하는 것처럼 말이에요. 어떠한 일정한 규칙 같은 게 있는 건 아닌 것 같아요. 정적이고 잔잔한 기운이 매번 깃들어있지만 그렇다고 해도 복사를 한 것 같이 똑같지는 않았어요. 어딘가는 분명히 달라진 점을 느낄 수 있는 것인 거죠. 만일 들을 때마다 똑같은 음들이 들리는 것이었더라면 어쩌면 얼마 안 가서 싫증을 내버렸을지도 몰라요. 뭐야, 이건 누가 카세트테이프에 녹음이라도 해서 틀어놓은 것처럼 항상 똑같은 거잖아, 하면서요. 근데 그렇지 않았던 거였어요. 영화에서 반전이 일어나는 것 마냥 확 바뀌는 건 없어도 조금씩 달라지고 있다는 걸 알 수 있었어요. 오늘 듣고 있는 음들이 어제와 다르고 그저께와도 달랐던 것이죠.

　　사진 찍는 걸 직업으로 삼은 사람이라고 하더라도 표현을 하는 것에 있어선 별반 다르지 않을지도 몰라요. 전문적인 용어를 섞어서 쓴다면야 확 티가 나긴 하겠지만 그건 공정한 게 못돼요. 그런 용어들을 알아들을 수 있는 전문가들 사이에서나 사용되어져야 할 테니까. 어쩌면 그런 걸 빼고 말을 해야 한다면 조금 전에 당신이 이미지에 관해 표현한 것보다 훨씬 못할 수도 있어요. 우선 나부터가 자신 없는걸요.

그 사람과 다시 마주쳤어요. 셔터가 눌러질 때마다 크기는 작지만 철컥, 하며 단단하게 울리는 소리를 내는 필름 카메라를 양손 모두 사용해서 안정적인 모습으로 들고 있는 사람.

또 나타난 거군요.

처음엔 잘 믿기지가 않았어요. 혹시 다른 사람인데 착각한 게 아닐까 하고요. 그런데 맞았어요. 지난번에 꽤 긴 시간 동안 그곳에 나와 함께 있었던 사람이었어요. 직접 얼굴을 보지 않아도 알 수 있었어요. 그 사람만이 가진 것들을 전부 확인할 수 있었으니까요. 그리고 만약 사진기를 손에 들고 있지 않았어도 난 지난번 그 사람이라는 걸 확신할 수 있었을 거예요.

굉장하네요. 그런 곳에 한 번도 아니고 또.

누군가를 만나기 위해 그곳에 일부러 찾아온 것 같이 보였어요. 마치 그곳을 약속장소로 잡아놓은 듯이. 보기에 따라선 오히려 사진을 찍는 게 시간을 때우려는 행동 같아 보이기도 했으니까요. 사진기를 손에서 떨어뜨려놓는 것은 결코 아니었지만 두 팔을 밑으로 내린 채 가만히 서 있는 적이 훨씬 더 많았고 이따금씩 아주 조금씩 주위를 서성이듯이 움직였어요. 가볍고 소리가 나지 않는 운동화를 신고서요. 그러면서 사진은 전날에 그랬던 것처럼 아주 간혹 가다 찍었고요. 마침 윗주머니에 반쯤 남은 담배라도 있으니 그걸 하나씩 꺼내 피우는 사람처럼. 그 사람을 처음 봤을 땐 단순하게 필름을 아끼고 있는 거라고만 생각을 했었는데 다시 보니까 꼭 그렇지 않을 수도 있겠다 싶었던 것이죠. 어쩌다보니 내가 검은 숲이라고 이름 붙인 이 공간에 함께 있게 된 저 사람은 영문은 알 수 없지만 현재로선 사진을 찍는 것에는 별로 비중을 두고 있지 않고 다른 어떤 것에 신경을 쓰고 있구나, 하는 것을 느낌으로 알았어요. 그건 긴가민가한 수준이 아니라 확신할 수 있을 정도였어요.

    정말로 알 수 있긴 하죠. 다 맞추진 못하더라도 그래도 절반 정도는 느낌이 맞을 거예요. 어쩌면 그 이상이거나. 기차역 대합실 같은 데서 다들 혼자 벤치에 앉아있더라도 어떤 사람이 애인이나 친구를 기다리고 있는지는 한눈에 보이니까요.

척 보면 알 수 있어요.

그래서 실제로 그곳에 누가 왔던가요?

아뇨. 아무도 오지 않았어요. 적어도 내가 그곳에 머무는 동안에는. 또 모르죠. 내가 떠나고 나서 누군가 온 것이었을지도.

약속이 애초부터 없는 것이었을 수도 있긴 할 테고요.

그럴 수도 있어요. 그냥 단순한 착각을 하고만 것일 수도 있어요.

그래요.

그런데도 내 예감이 틀렸다는 생각은 별로 들지 않았어요. 그때도 그랬고 지금도 마찬가지예요. 가령 만나기로 했는데 한쪽에서 일방적으로 약속을 어기는 수도 있는 것이니까. 혹은 도착했어야 할 당사자에게 어떤 중대한 사정이 생겼던 것일 수도 있고요. 말하자면 계속 이런 쪽으로만 생각이 기울어지는 거였어요. 괜히 지기 싫어서 오기처럼 비춰질 수도 있고 하여간 이상해보일 수도 있겠지만 그래도 내 생각은 변함없어요. 아 착각이었구나, 하면서 내 자신이 스스로 철회하지 않는 한 어느 누구도 그것을 허물어뜨릴 순 없는 것이죠. 사진기를 손에 든 사람은 그날 그 장소에서 누군가를 꼭 만나기로 되어있었다, 라고 하는 근거 없는 강한 확신.

알겠어요.

그 사람한테 말을 걸었어요. 이젠 집으로 돌아가야겠다고 생각을 했을 무렵쯤.

날씨 얘기를 꺼낸 건 설마 아닐 테죠.

이곳에 또 올 건가요? 하고 물어봤어요. 다가가서는 아니고, 그냥 내가 걸터앉은 자리에서.

그렇게 말한 거였군요.

어떨 것 같아요? 만약 당신이 그곳에 있었고 누군가가 그렇게 물어본 것이었다면 말이죠.

관심을 표현한 거잖아요. 그건 고마운 게 맞는데 솔직히 말해서 기분은 어떨지 모르겠어요. 만약 일에 집중하고 있는데 그러면 싫을 것 같기도 하거든요. 엄청 싫은 건 아니고 조금. 대답을 어떤 식으로 해야 할지에 관해선 약간이라도 생각할 시간이 필요한데 그것도 한창 작업 중일 땐 스트레스로 작용할 수 있어요. 근데 왠지 헤어지기 전에 말을 걸어올 것 같다는 예감은 들었을지도 몰라요. 만약 그 사이에 약간이라도 호감 같은 게 생긴 것이라면 그런 물음이 꽤나 반가울 것 같아요. 내색은 절대로 안 하겠지만.

처음 그곳에서 봤을 때 그런 생각이 들었어요. 만약 또 만나게 된다면 조금이라도 좋으니 대화를 해보고 싶다고요.

우연한 일이 한 번 더 일어나길 바랐던 거네요. 강한 비바람을 뚫고 우리가 탄 비행기가 날아오르길 바랐던 것처럼.

난 그런 게 있나 봐요. 나에게 생긴 일이 실은 우연한 게 아니다, 라고 하는 걸 확인하고 싶은 마음 같은 것이요. 어색할 법도 하고 망설여지기도 할 것 같은데, 아마 평소 같으면 분명히 그랬을 텐데 그날따라 그런 게 없었어요. 전혀. 꿈속에 들어가 있는 것 마냥 뭐든지 할 수 있을 것 같은 느낌이었다고 할까. 대화를 시도하는 쪽이 오히려 자연스러운 흐름 같았어요. 그 움직이고 있는 흐름에 저항하지 않고 잠깐 동안 몸을 맡기는 것뿐이라고 스스로 여겼던 것 같아요. 그리고 그 사람 역시 내가 정적을 깨트리고 말소리를 내어도 화들짝 놀란다거나 싫은 표정을 짓지 않을 거라는 예감이 있었어요. 아니 강한 확신 같은 거요. 만약 싫어하고 있다는 인상을 아주 조금이라도 내가 받았다면 그쯤에서 멈췄을 것 같아요. 그럼 그것으로 끝이었겠죠. 나 역시 나만큼은 아니더라도 최소한의 호감 정도는 보여주는 사람과 대화를 하고 싶은 거니까.

  호감이라고 여길 만한 어떤 게 있었나 보네요.

  어쩌면 조심하고 있다, 배려해주고 있다, 하는 느낌에 더 가까워요. 좀 전엔 호감이라는 단어를 사용하긴 했어도. 동네의 작은 카페 같은 장소에서 만약 나와 가까운 자리에 앉은 어떤 사람이 모든 사람이 들을 수 있을 만큼 큰 목소리로 한 시간이 넘도록 전화통화를 하고 있다거나 딱딱한 탁자 위를 플라스틱 볼

비행기 엔진 소리 또 침을 삼킨 후의 말들

펜으로 탁탁탁탁, 하고 연신 두드리고 있다거나 커피가 담긴 유리잔이나 머그잔을 마치 테이블에 올라와있는 모기라도 잡을 것 마냥 세게 내려놓는 걸 보고 있을 때면 저 사람은 조금도 나란 존재가 눈에 보이지 않는구나, 내 옆에 혼자 앉아있는 어떤 사람이 자신만의 공간과 주문한 음료를 즐길 수 있도록 배려해주고 있지 않구나, 하는 것을 자연히 느끼게 돼요. 내가 말하는 최소한의 호감이란 건 나와 아주 가까운 자리에 누군가가 앉아있다고 하는 사실을 인식하고 있는 상태인 것이고, 그래서 옆 사람에게 방해가 되지 않도록 사소한 것이라도 조심해서 행동해야지, 하고 의식하는 걸 의미해요.

철컥, 하는 조금은 평범하지 않은 소리를 내는 사진기를 가진 사람은 평소엔 필름을 아끼는 타입과는 거리가 멀어요. 애당초 그런 스타일이 아닌 것이죠. 해안가에서 작업하기에 적당한 공간을 물색하던 중에 그 장소를 발견하게 된 것이고 보통 사람들은 웬만해선 미끄럽고 위험해 보이는 테트라포드 더미의 좁은 틈새를 통과할 엄두를 내지 못 하지만 그 사람은 용케 그걸 해내요. 홀가분하게 혼자서 그곳을 차지한 채 작업을 할 수 있을 줄 알았는데 예상하지 못 하게 어떤 사람이 이미 먼저 와 있다는 걸 알게 돼요. 방파제 위에 걸터앉아 헤드폰을 머리에 쓰고 스노보드용 장갑을 만지작거리는 사람에게 방해가 되지 않기 위해 원래 세워뒀던 자신의 계획을 바꾸기로 마음먹죠. 자신이 가진 카메라의 셔터 소리가 다른 사람에겐 신경 거슬리는 일이 될 수도 있으니까. 평소에는 한 시간에 한 갑씩을 피우는 사람이 동행하고 있는 사람을 배려해서 꾹 참고 두세 개비만 피울 때가 있는 것처럼. 그것도 피울 적마다 양해를 구하면서요. 찍고 싶다는 마음이 드는 순간에도 셔터에 손가락을 대는 것조차 하지 않아요. 아마 그런 순간은 상당히 많을 테니까요. 그러니 그런 순간들은 무사하게 넘겨야 해요. 도저히 이걸 그냥 넘기는 건 힘들겠다, 하는 순간이 올 때까지 말이에요.

    내가 얼마나 그 사진기에서 나는 셔터음을 듣고 싶어 했는지 말했던가요. 만약 정말 그랬다고 한다면 괜찮으니까 마음껏 해도 된다고 알려줬을 텐데.

　　물론 실제로 정말 그랬을 것 같지는 않기는 해요. 아무리 셔터를 누를 때 울려나는 소리가 범상치 않고 평범한 게 아니라도 그래봤자 한 손으로 쥘 수 있는 카메라에서 나는 작은 음일뿐이고 또 파도 소리에 묻혀서 희미해지기도 할 테죠. 도서관 열람실이 아닌 이상 셔터음이 커서 남에게 방해가 될 거라고 생각하는 건 지나치게 과민하게 반응하는 걸 거예요.

　　내가 시끄럽다고 느끼지 않도록 배려를 해준 것인지 아니면 그런 건 전혀 아니고, 그렇게 하는 것이 그 사람만이 가진 스타일인지는 잘 모르겠어요. 지금 당장 판단이 서지 않고요. 근데 어느 쪽이든 별로 중요하지 않은 것 같아요. 중요한 건 그런 사소하다면 사소한 일이 그리 떨어져 있지 않은 낯선 어떤 사람에게 과연 어떤 식으로 느껴지는가 하는 게 아닐까 싶거든요. 상대방이 나한테 호감을 가지고 있는 것처럼 내 자신이 느끼고 있었다면 직접 물어보지 않는 한 의도를 알 길이 없는 행동조차 나를 배려해서 그러는 것이라고 생각하기 쉬워지는 것 같아요.

바로 옆자리에 앉은 승객이 거리끼는 기색도 없이 쉽게 말을 건다면 나도 모르게 경계를 하게 될 것 같다는 생각이 들어요. 그런데 긴 시간 동안 한 마디도 하고 있지 않고, 또 등받이를 한껏 젖혀놓은 채 자기만 아는 행동을 일삼고 있지 않는다면, 내심 한 번쯤 대화를 할 수 있길 바라게 될 것 같기도 해요. 그러다가 어느 한 순간부터 아주 사소한 말이라도 천천히 오고 가게 된다면 원래는 경계심이 솟아나야 할 자리에 다른 게 만들어지게 되겠죠. 가령 호기심이나 관심이라든지, 뭐 그런 비슷한 종류의 것들 말예요.

처음엔 조금 떨어진 자리에서 그 사람과 나는 어떤 말들을 이어갔어요. 그래서 사실 잘 들리지 않은 부분도 있어요. 들은 것보다 못 듣고 놓쳐버린 부분이 더 컸던 것 같기도 하고요. 세게 부는 바람이 좀처럼 지나가지 않고 그곳에 붙잡히기라도 한 양 계속 머물러 있다거나 밀려드는 파도가 너무 거세게 방파제

비행기 엔진 소리 또 침을 삼킨 후의 말들

에 연속적으로 부딪치거나 그럴 때는 특히. 그래도 듣지 못 한 티는 내지 않았어요. 대신 내가 자리에서 일어나 그 사람이 서 있는 쪽으로 다가갔어요. 그러니까 좀 더 파도 소리가 크게 들리는 쪽으로. 부서진 물살이 좀더 내 몸 높은 지점까지 올라오는 쪽으로요.

12

불이 켜졌군요.

한쪽에선 탁, 하고 끊겨버리기도 했구요.

얼마 안 있으면 도착할 건가 봐요.

내려가고 있어요. 조금씩, 조금씩. 좌석에 붙어있는 화면에 작게 떠올라있는 고도 표시를 일일이 확인하지 않으면 도저히 알 수 없는 수준으로만.

아직은 아닌데 비행기가 착륙하면서 어느 시점이 되면 놀이공원에서 바이킹을 타게 되면 느껴지는 거랑 비슷할 때가 있어요. 특히나 가끔 한 번씩 뚝 떨어지듯이 크게 하강하기라도 하면 그래요.

일부로 맨 뒤에 앉아서 양팔을 들어도 시시하다고 말하는 사람들이 난 너무 신기해요. 어떻게 그럴 수가 있을까, 하고. 나 역시 놀이공원을 좋아하고 그들에 비해서 탄 횟수가 딱히 적은 것도 아닌 것 같은데 아무리 해도 담력이 전보다 더 는다거나 그런 걸 타는 게 만만하게 여겨진다거나 하질 않아요. 나 역시도 두 팔을 높이 치켜들고 있는 힘껏 소리라도 내지르면서 타고 싶은데 말예요. 반드시 이번

비행기 엔진 소리 또 침을 삼킨 후의 말들

만큼은! 하고서 작정을 하고 있어도, 손잡이를 꽉 쥔 상태라 하더라도 밑으로 내려갈 땐 나도 모르게 고개를 숙이고 눈을 감아버리게 되더라고요. 그런 게 싫어서 나만의 노하우 같은 걸 만들어냈어요. 실은 아주 간단한 건데 효과는 상당해요. 아주 먼 쪽에 시선을 고정시키는 거예요. 예를 들면 놀이시설 중에 높은 공중에 매달려서 천천히 이동하는 풍선 열기구가 있다면 그것의 꼭대기 쪽에. 그럼 그런 느낌이 많이 사라지거든요. 감해진다고 해야 정확한 표현일 텐데 아무튼 그런 쓰아아, 하는 기분이 절반쯤으로 줄어들어서 꽤 견딜만해져요. 세게 움직이기 시작하면 이미 늦어요. 자리에 앉자마자 주위를 둘러보면서 잽싸게 시선을 보낼 만한 지점을 찾아야 돼요.

재밌는데요. 쓰아아, 하는 느낌이라니.

진짜 그래요.

그렇다면 창문 가리개를 좀 더 위로 올려서 미리 열심히 찾아봐야 할 것 같은데. 아직 본격적으로 내려가기까진 시간이 좀 남았으니까요.

단단하게 뭉쳐진 구름 덩어리를 찾아요. 거센 바람에 날려서 전부 풀어헤쳐져 버리면 곤란할 테니까.

이왕이면 풍선 열기구 같은 모양이 있으면 좋겠군요.

네.

있잖아요. 금방 작은 소리가 났어요. 딩, 하는 소리였고요.

들었어요. 딩, 하는 소리.

딩, 하면서 아주 짧게 울렸는데 그대로 사라지지 않고 공기 중에 남아서 여운이 아주 길게 가고 있어요. 일부는 가까이에 있는 나한테 꼭 스며들어온 것처럼요. 소리가 내 몸속 구석구석을 돌아다니며 계속 이어지듯이.

당신이 식물을 몹시 좋아하는 사람이랑 닮았다는 생각이 들어요. 보통 사람들이라면 거들떠보지도 않을 길가에 심겨진 작은 들풀을 걸음을 멈춘 채 가까이 다가가 쪼그리고 앉아 유심히 쳐다보는 것 같으니까. 기껏해야 조그맣게 표시된, 안전벨트가 그려진 노란색 등에 불이 들어오면서 나는 소리인데, 그런 것도

비행기 엔진 소리 또 침을 삼킨 후의 말들

그냥 넘기는 것 같지 않아요.

아주 피곤한 캐릭터라는 거군요.

남다른 점인 것 같아서요. 그게 당신이 어떤 사람인지 어느 정도는 설명해주는 것 같아서요.

그거 알아요? 조금 전까지 안내방송이 나오고 있었다는 거. 난 마지막 멘트만 들었어요. 감사하다는 얘기와 다음에도 자사 항공기를 이용해달라는 얘기만 겨우요.

공항엔 비가 오고 있진 않대요. 그냥 많이 흐린 정도인가 봐요.

대단한데요. 난 거의 제대로 못 들었는데.

딴 생각에 빠져 있었던 거잖아요. 딩, 하는 바로 그 소리에.

아닌 게 아니라 좀 심각한데요. 기내에서 하는 안내방송 볼륨이 팔짱을 낀 연인에게 속삭이는 수준은 절대로 아니었을 텐데.

공중에 날리던 비눗방울이 터지는 것 같은 딩, 하는 소리는 들으면서 이 정도의 크고 선명하고 확실한 소리는 못 듣나 보네요.

정말로 그 정도였던 건가요?

식물을 몹시 좋아하는 사람 역시 들풀에게 관심을 온통 빼앗겨서 갓길을 비집고 통과하려는 스포츠카가 빵빵거리는 클랙슨은 전혀 듣지 못할 거예요.

흐음.

어떤 사진작가는 그런 사람의 뒷모습을 가만히 지켜보면서 아주 조용히 셔터에 손가락을 가져다댈지도 모르는 일이고요.

나무나 가로등 같은 것들 뒤에 몸을 숨기고서 말이군요.

마땅한 게 없으면 우비라도 뒤집어쓰고서요.

비행기에서 내릴 즈음엔 좀 달라질 수도 있어요. 지금은 공항에 비가 안 와요.

공항만 그렇지 다른 지역엔 이미 내리고 있을 수도 있을 거예요. 가령 코즈웨이 베이나 소호 쪽에는.

그렇다면 란콰이퐁도 사정이 다르지 않겠군요.

거긴 술집마다 만원 사태가 벌어질 테죠. 비가 그치기 전까진.

언제 비가 와도 이상한 일이 아니긴 해요. 어플리케이션으로 이맘 때 홍콩 날씨를 검색하면 신기할 만큼 항상 번개 표시로 돼있으니까요. 태양이나 구름 모양이 혹시라도 나오면 너무 어색해보일 지경이니까.

뭘로 챙겼어요? 우비나 우산 같은 거.

우산이에요. 가장 아끼는 걸로 가져왔어요. 접이식이긴 한데 펼치면 장우산 못지않게 꽤 넓어져서 바람이 아주 세지만 않으면 신발 속으로 빗물이 들어가거나 양말이 젖을 일은 잘 안 생겨요. 당신은요?

작업할 땐 보통 우비를 입어요. 양손이 자유로운 편이 아무래도 일하기 좋으니까요. 그리고 신발은, 양말을 안 신어도 되는 샌들을 신거나, 걷는 게 그리 편한 상태라고 볼 수는 없긴 하지만 가끔씩은 거의 정강이까지 올라오는 레인부츠를 이용하기도 하고요. 컬러가 너무 예뻐서 샀는데 정작 원래 가지고 있었던 샌들을 훨씬 더 많이 신고 있는 형편이긴 해요. 그래도 한 번씩은 기분전환용으로 부츠를 신어줘야 돼요.

조금 전에 지지직거리는 소리를 놓친 건 많이 아쉬워요. 거의 못 들었거든요.

　　처음이에요. 그런 소리를 못 들은 걸로 안타까워하는 사람은.

　　불어오는 바람이 그대로 몸을 통과하는 건물 옥상이라든지, 대형 선박 갑판 위라든지, 그런 높은 곳에 올라가 있으면 밑으로 떨어지는 상상을 너무 많이 하는 편이라서 파일럿이라는 직업이 부럽거나 하진 않는데 통화 음질이 뭔가에 좀 막힌 듯하면서 연신 지지직거리는 잡음이 들어간 마이크로 지상에 있는 관제소와 교신하거나 이렇게 승객들에게 캡틴으로서 차분하고 담담하게 몇 마디 멘트를 할 땐 아주 멋지다는 생각이 들어요.

　　잡지에서 봤던 것 같은데, 암튼 어디서 보니까 관제탑 교신용으론 일부러 구형 마이크를 사용한다는 얘기가 있던데요. 스트리밍으로 음악을 틀어놓는 대신에 바이닐을 올려놓은 턴테이블에 약간이라도 힘을 세게 주면 구부러질 것 같은 바늘을 가져다 대는 것처럼 말예요. 영화에서 보던 그런 멋진 교신 장면들 때문에 애써 노력해서 파일럿이 됐는데 지지직거리는 구형 마이크가 사라져버리고 최신식 무선마이크가 놓이게 된 걸 비로소 알고 나서 실의에 빠진 탓에 시름시름 앓다가 결국 비행도 제대로 하지 못 한 채 사직서를 제출하는, 항공학교를 이제 막 졸업해서 비행 자격증을 취득한 초보 부기장들이 한둘이 아니었다는 기사였어요.

기사가 실린 잡지가 아니라 아무래도 허무맹랑한 코믹스를 봤던 것 같은데.

잡지가 확실해요. 세상에 숨겨진 도무지 믿기 어려운 이야기, 코너 제목이 뭐 이런 식이었던 것 같긴 하지만.

확실히 지지직거리는 소리가 더 매력적으로 들려요. 유선이어폰의 걸리적거리는 가느다란 줄처럼.

그것은 아직 날이 밝아오기 전의 시간 같기도 해요. 멀리 떨어져 있는 건 깨끗하게 보이지 않고 꽤나 뿌옇고 희미하지만 그것만이 가지는 어떤 것이 은밀하게 감추어져 있는 것 같으니까 말이에요.

지지직거리는 교신 소리만큼은 변하지 않아서 되도록 오랫동안 듣고 싶어요. 아무리 기술이 발달해도, 다른 은하계로 향하는 유인 우주선 안에서 코인노래방에 들어앉은 사람이 마치 바로 내 옆에서 마이크를 잡고 노래를 부르고 있는 것 같이 느껴질 만하게 통화음을 송출할 수 있게 되더라도요.

현실이 호락호락하진 않을 테죠.

그럼 티 하나 없이 맑은 교신음을 만들어내는 그쪽에선 이렇게 나올지도 몰라요. 그 정도로 지지직거리는 소리가 좋으면 자네가 아예 회사를 하나 차리지 그래. 그렇게 해서 잡음이 섞인 통신음만 잔뜩 내는 헤드셋을 열심히 만들어보라구. 언제까지나 낭만과 추억 따위를 좇으며 잘 살아보라구!

그런데 수많은 항공학교 학생들이 너도나도 그걸 사들이게 되었던 것이고요. 한물간 줄로만 알았던 바이닐과 턴테이블의 부활처럼요.

수요를 예상하지 못 했던 그쪽으로선 큰 타격을 입게 돼서 가엾은 일이지만 결국 문을 닫게 되었다는 스토리.

만화 같은 일이군요.

그런 거겠죠.

적당히 이질적이었다고 해야 할 것 같은데 처음 도착해서 하루 정도 이곳저곳을 가벼운 정도로만 돌아다녀봤을 때 그런 인상을 받았던 것 같아요. 다르긴 한데 너무 다르진 않다. 그게 홍콩의 첫인상 같은 거였는데 이후로도 몇 차례 더 다녀와 봤지만 그날 느꼈던 게 결코 틀린 게 아니었다는 걸 알게 됐어요. 갈 때마다 비슷한 인상을 받곤 했었으니까요. 고등학교에 들어간 무렵부터 앞으로 대학 진학은 안 하겠다고 마음을 먹었던 터라 수업만 마치면 바로 학원에 가서 저녁까지 기술을 배웠어요. 선생님들은 입버릇처럼 나한테 그럴 거면 애초에 기술학교에 갈 일이지, 뭐 하러 인문고로 진학을 왔느냐고 핀잔을 주시긴 했지만 그래도 편의를 봐주기도 하셨어요. 예를 들어 다른 애들은 바로 못 가게 다 붙잡아도 나는 방과 후 자율학습 같은 건 눈치 보지 않고 얼마든지 빠질 수 있도록 해 주신다거나 해서요. 어떤 애들이 나를 들먹거리면서 쟤는 집에 가도 되잖아요? 라고 해도 소용없었어요. 프리랜서 용접기사로 진로는 정했지만 본격적으로 사회생활을 하기 전에 어쩌면 마지막일 수도 있다는 생각으로 다른 건 아무것도 하지 않고 오직 여행만 했던 시기가 있어요. 한 일 년 가까이. 그 기간 동안에 계속 해외에 있었던 건 아니고 다시 돌아와서 재정비하고 얼마 후에 또 다른 곳으로 떠나는 식이었기 때문에 정확히 보자면 그 절반 정도밖에 안 되긴 할 거예요. 지금 와서 보면 사회생활을 하면서도 꼭 그런 게 아니고 일정만 잘 맞추면 제법 나갈 수 있는 기회가 생기기도 하는데 그땐 왜 그랬는지는 몰라도 좀 그런 생각에 강하게 붙들렸던 것 같아요. 공부하는 걸 좋아했던 편이 전혀 아니어서 교과서는 어디까지나 만화책이나 게임 잡지나 소설책을 가리기 위한 위장용이었지만 그래도 세계사나 영어 교과서에 실린 사진을 들여다보는 건 꽤 즐겼어요. 그렇게 하고 있으면 시간도 잘 갔는데 방법은 간단합니다. 상상으로 사진 속 장소를 한번 가보는 거예요. 다른 건 없고 책상에 양팔을 대고서 가슴을 기댄 채 차분하게 시선을 그곳에 주고 있으면 돼요. 아 저곳에 뭐가 있구나, 아 저기는 또 어떤 게 있네, 하면서 주의를 자연스럽게 사진에 집중시키는 것이죠. 흑백이라고 하더라도 상관없어요. 컬러는 내가 하나씩 입히면 되거든요. 내가 좋아하는 것으로. 그곳은 날씨가 항상 화창하고 여름이라도 땀을 닦을 일이 생기지 않고 겨울이라도 몸을 웅크리지 않아도 돼요. 용의 입에서 물이 뿜어져 나오는 분수대 옆에서 레몬 아이스크림이나 레드와인이 들어간 젤라또를 사먹고, 마차를 타고 궁전을 돌아보고, 카페에 들어가서 아주 작은 도자기 잔에 담긴 에스프레소를 마시고, 매력적으로 보이는 낯선 사람에게 말도 걸어보고 운이 좋다면 데이트도 하는 것이고요. 영어는 좀 할 수 있는 게 맞겠다, 하고서 생각했던 기억이 나요. 아무튼 그런 식으로 하면 정말 시간이 금방 가거든요. 지겨우면 또 몇 페이지 넘겨서 새로운 장소로 이동하고. 졸업한 뒤에 프라하가 첫 여행지였어요. 체코에 갔다가 프랑스와 독일을 거쳐 돌아오는 일정으로 짰던 거였어요. 그렇게 나 혼자서 하는 해외여행을 시작했고 이후로도 주로 유럽을 중심으로 돌아다녔어요. 학교 교과서에 수록된 사진들이 대부분은 서양, 그중에서도 특히 유럽 쪽이 많잖아요. 꼭 그래야 하는 건 아닐 테지만 아마도 그 영향을 하나도 안 받았다고 하는 것도 말이 좀 안 되는 거겠죠. 멋지고 웅장하고 정말 너무나 이색적이었어요. 화분을 아담한 베란다에 내놓은 그냥 평범한 가정집을 보더라도 감탄이 먼저 나와 버리는 상황이었으니까 말 다 했죠. 어떻게 마을 전체 집집마다의 지붕이 주황색일 수 있을까, 회색일 수 있을까, 하고서. 그런데도 어째서 촌스럽지 않고 아주 근사해 보이는 것이지, 하고 의문이 들고 신기했어요. 이건 너무 달랐던 것 같아요. 동화 속 같기도 했고 비현실적 같기도 했으니까. 한번쯤 여행으로 오는 건 상관없지만 길게 살아보고 싶다는 생각은 전혀 들지 않았어요. 전부 그런 건 아니지만 어떤 지역은 오후 여섯 시면 시내에

✈︎　　비행기 엔진 소리 또 침을 삼킨 후의 말들

모여 있는 대다수의 가게가 문을 닫는 걸 보고서 더 그랬던 것 같기도 하고요. 나로선 그런 점이 깜짝 놀랄 만한 일이었지만 그건 그들의 문화여서 내 쪽에서 적응하지 못 한다면 어찌할 도리가 없는 것일 테죠. 잠에서 깨어나도 꿈을 꾸고 있는 상태가 이어지는 것 같았어요. 분명히 기분 좋은 꿈이긴 한데, 이제 그만 현실로 돌아가고 싶다는 생각을 하게 됐던 것 같아요. 그러고선 유럽 쪽보단 아시아로 눈길을 돌렸어요. 적게 돌아다닌 것도 아니고 이미 꽤 많은 시간을 보낸 것이었음에도 불구하고 아쉬움을 남긴 채 여행을 끝내고 싶지 않았다고 해야 할까, 아무튼 그랬어요. 이상한 오기 같은 게 생겨서 유럽 쪽에 갔던 나라들만큼 똑같이 수를 맞추려고 들었는데 결과적으론 균형을 이루지 못 하긴 했어요. 만약 그때 홍콩에 가지 않았었더라면 가능했을지도 몰라요. 수를 맞추는 데에 계속 집중을 했을 테니까. 그런데 홍콩에 도착해서 그런 걸 다 잊어버리게 됐던 것 같아요. 그런 것쯤은 아무것도 아니라는 생각이 들었어요. 그러면서 여기가 내 여행의 종착점이 되겠구나, 하는 예감 같은 걸 하게 됐다고나 할까, 내 안 깊숙한 지점에서 신호를 주고 있는 것 같았어요. 밤늦게까지 문을 열어놓는 가게가 많다는 것에 안도했고 카페나 옷가게에서 일하는 종업원들이 광둥어만 하는 게 아니라 영어를 능숙하게 사용하는 점이 멋지게 느껴졌고 머리 색깔과 피부색으로는 구분이 불가능해서인지, 물론 스타일도 다르고 언어도 다르긴 하지만, 내 자신이 이방인처럼만 느껴지지 않아서 왠지 마음이 편했어요. 지역마다 차이가 있긴 해도 나 같은 외국인이 차지하는 비율이 우리나라에 비해서 상당히 높은 것도 좋았고요. 잘 만하면 그 속에 동화가 돼서 살아갈 수 있을 것만 같은 그런 느낌이었던 것 같아요. 이제 와서 보면 착각이었을 뿐이지만.

    그래도 돌아갈 곳이 있으니까요.

    네.

    홍콩을 여행하는 일로 당신이 더 이상 하루키의 산문집을 떠올리지 않게 될지도 모른다는 생각이 얼핏 드네요.

비행기 엔진 소리 또 침을 삼킨 후의 말들

직접 확인하고 싶어요.

예전과 별로 다르지 않을지도 몰라요.

당신은 어떤가요?

잠에서 깨어나면 이른 아침에 문을 여는 식당에 가서 간단하게 밥을 먹고 오전 작업을 하고 또 식당에 들러 점심을 먹고, 오후 작업을 하고나면 집에서 식품을 조리해 먹거나 아니면 또 사먹어요. 그런 다음에 잘 나온 사진을 몇 개 추려서 개인 온라인 계정에 올리고 침대에 누워요. 다음날 깨면 같은 걸 반복하죠. 가끔 출장을 가기 위해 비행기를 타기도 하지만 대부분은 그렇게 하루를 보내요. 그곳에 산 지 사 년이 넘어서 이젠 오 년 차에 가까워지지만 아직도 완벽한 이방인으로서의 생활인 셈이에요. 이대로라면 삼십 년이 지나도 별로 달라질 건 없을 것 같은걸요.

하나도 다르지 않다고 느껴지면 어떡하지, 하는 생각이 들더라고요. 마주치는 사람들은 속일 순 있어요. 동조하는 눈빛과 표정을 연습할 수도 있어요. 그건 불가능한 일이 아닐 테죠. 하지만 난 알고 있을 거예요. 처음 홍콩에 왔을 때와 지금의 내 마음 상태가 사실은 동일하다는 걸. 여전히 백화점이 풍기는 세련된 향기에 끌리고, 시장 같은 곳에서 망고와 먹기 좋게 잘라서 팩에 밀봉한 두리안을 사서 봉지에 한가득 집어넣고 호텔로 향하며 나도 모르게 휘파람이나 콧노래를 부르고, 침사추이 쪽 해안가에서 바라보는 센트럴 쪽 야경에 감탄하고, 우연히 들어간 레스토랑에서 거품이 가득 채워진 맥주를 곁들인 상태로 너무 맛있는 음식을 먹으며 행복감을 느끼고, 라마르조꼬 머신으로 내린 플랫화이트를 테이크아웃으로 한 손에 들고서 거리를 활보하며 한국뿐만 아니라 그 어디서도 볼 수 없는 도시의 조밀한 밀도에 숨이 막히기는커녕 오히려 황홀할 만큼의 시각적인 만족을 얻고, 딱딱딱딱 요란하게 울리는 녹색등이 켜진 횡단보도에서 내가 또다시 이곳에 와 있구나, 하며 여행지에 다시 온 것을 실감할 테죠.

✈ 비행기 엔진 소리 또 침을 삼킨 후의 말들

13

눈에 띄었을 때부터 어딘지 나와 닮았 단 느낌을 받았거든요.

그래서 아직까지 키링을 손에서 놓고 있지 못 하는 거였군요. 이제 이해가 됐어요.

도착하면 몰래 가지고 내릴 작정이었는데. 그런 다음에 잽싸게 도망쳐야지, 하고서 실은 맘먹고 있었다구요.

안 그래도 멀리 떼어놓고 싶었는데 잘 됐다 싶은걸요. 단둘이 있으면 잔소리가 너무 심해요. 그렇게 나가 있다가 밤늦게 들어와서 카레밥을 먹는 건, 더군다나 차가운 맥주까지 곁들이는 건 건강에 아주 좋지 않다면서요.

맞는 말인데요. 그건 건강에 좋을 게 없어요. 인형이 당신을 생각해서 하는 말이니까 대강 흘려듣지 말도록 해요.

그러고 보니 확실히 닮은 것 같기도 하군요.

계속해서 만지고 있고 싶어지는 감촉이에요.

이 인형, 난 볼 때마다 나와 비슷하다는 생각을 했었는데. 그렇게 느끼는 사람이 또 있다는 게 신기하네요.

혹시 보는 사람마다 그렇게 느껴지게 만드는 인형인지도 모르죠.

주머니 속에 넣고 싶거나 가능하면 멀리 던져버리고 싶거나 둘 중에 하나가 되겠네요.

이름이 있나요?

선물 받았어요.

왠지 직접 샀을 것 같진 않았어요.

지어주진 않았어요.

당신에게 선물로 줬던 사람 역시도 자기 자신과 가장 닮은 인형을 가게에서 골랐는지도 몰라요. 아, 여기 이 아이는 나와 너무 똑같아, 하면서. 그러고는 어쩌면 자기 자신의 이름을 붙여주었을 테죠.

어쩌면요.

자, 이거 받으세요. 몰래 가지고 내리고 싶었지만 앤 당신에게 소중한 존재일 테니까.

이젠 확실히 느껴져요. 고도가 낮아지고 있다는 게. 조금씩은 바이킹을 타는 기분이 들어요.

내릴 때가 되면 난 고개를 돌려서 일부

러 주위를 둘러봐요. 아닌 척하면서 관찰하는 것이죠. 다들 어떤 표정을 짓고 또 어떤 행동을 하고 있는지를. 태평한 듯이 보이는 사람은 마음속도 정말 그러한지 들여다보고 싶어져요. 도대체 무슨 생각인 걸까, 절대로 사고 같은 건 나지 않을 거라는 걸 확신하고 있는 것일까, 신이 안전하도록 지켜주고 있다는 것을 강하게 믿고 있는 걸까, 아니면 이 세상에선 이미 이룰 것은 다 이뤘기 때문에 이젠 죽는다 하여도 아무런 여한이 없다는 것일까, 그래서 허락만 해준다면 사진을 찍고 싶기도 한데 아직까진 그러지 못했어요. 착륙하기 직전 탑승객들의 모습이라는 주제로 작품을 만들어보고 싶다는 생각은 늘 가지고 있어요. 그냥 가지고만 있는 거예요. 실행에 옮기긴 앞으로도 힘들 것 같기도 하구요. 고개를 다시 정면으로 돌리고 나서도 연관된 생각은 이어져요. 이를테면 이런 식이에요. 추락을 해서 바닥에 부딪치는 순간에 어떤 느낌이 드는 것일까. 항공기 사고가 빈번하게 일어나는 건 아니라고 해도 그게 나한테 절대로 일어나지 않으리란 법은 없는 것이겠지. 우리가 탄 비행기는 아직 랜딩 기어를 내리지 않았을 거야. 아스팔트 활주로에 닿을 때까진 좀 더 시간이 필요할 테고. 그렇다면 오늘을 제외시킬 순 없을 거야. 어떤 일이라도 발생할 수 있는 특별한 날에서 말야.

  지금이 어쩌면 마지막이 될지도 모른다. 그런 가정을 많이 했던 편인 것 같아요. 오늘도 그랬고요. 아까 당신한테 말을 걸기 전에. 지금이 아니라면 내 옆에 앉은 사람과 대화를 할 수 있는 순간이 다신 오진 않을지도 몰라, 하고서 혼자서 생각했었어요. 그러고 나면 말할 수 있는 힘 같은 게 갑자기 생겨나는 것 같아요. 주문을 외워서 마법을 사용하는 것같이.

  만약 우리가 타고 있는 이 비행기가 추락하게 된다면 말인데요. 그런 일이 실제로 일어나는 경우는 잘 없을 거고, 그래서 이건 어디까지나 굉장히 희박한 상황을 가정하는 것이긴 하지만, 그땐 우리 서로의 손을 잡아주기로 하는 게 어떤가요. 만약 내가 너무 긴장을 한 나머지 정신을 차리지 못 한다면 먼저 손을 잡아줘요. 당신의 왼손으로 내 오른손을요.

✈ 비행기 엔진 소리 또 침을 삼킨 후의 말들

오른손으로 오른손을 잡으면 안 되는 것이군요.

그건 안 돼요.

14

그런 적 없나요? 혼자서 가만히 길을 걷다가 눈물이 나올 것만 같은 그런 순간 말이에요. 볼을 타고서 눈물이 실제로 흘러내리는 건 아닌데 그냥 왠지 모르게 평정심을 잃어버리고 감정적이 돼버리는 것이죠. 너무 순식간에. 그러면 불과 조금 전까지 하고 있었던 생각들 혹은 계획들은 전부 어디론가 사라져버려요. 흔적도 없이요. 대신 깊은 계곡으로 완전히 떨어져버린 줄로만 알았던 아주 오래된 기억들이 그 공간을 가득 채우게 돼요. 말하자면 생각의 공간을 말이에요. 난 가끔씩 그런 순간이 문득 생겨요. 아무 일도 없는데 영문도 모르게 그냥 갑자기요. 오히려 아무런 일이 없고 너무 평화롭고 고요한 곳에 있을 때면 그런 순간이 생겼던 것 같아요. 예를 들면 저녁이 될 무렵의 공원이나 새벽녘의 해안 같은 장소에서요. 평소엔 별로 못 느끼다가 작업을 하러 가선 우연한 일이겠지만 곧잘 그런 순간을 맞이하게 돼요. 그럴 땐 피하는 건 도저히 불가능해요. 그래서 갑자기라고 부르는 것일 테니까. 처음엔 많이 당황스러웠었는데 어느 때부터인가는 괜찮아졌어요. 그 순간에 일어나는 감정과 기억은 나를 현실에서 약간 떨어뜨려놓는다는 걸 알게 됐으니까요. 그런 뒤에는 과거에서 현재까지의 일들이 일렬로 나열된 공간에 나를 내려놓는 것인데, 그럼 난 어느 특정한 시점부터 현재까지의 시간을 어느새 손에 이미 쥐어져 있는 무한할 정도로 당길 수 있는 줄자로 재어보거든요. 아, 그때로부터는 얼마가 지난 것이구나. 아아, 또 그 시절로부터는 얼마의 시간이 흐르게 된 거구나, 하면서. 예를 들면 내가 짝을 정하지 못 한 상태에서 버스에 혼자 타는 게 무서워서 엄마한테 생리통과 몸살 같은 걸 내세우며 끝내 결석을 할 수 있었던 게 이제는 아득한 옛날이 되었구나, 하는 식으로요. 내가 좋아했던 그 남자애는 이제 나이가 어떻게 되었겠지, 이렇게 혼잣말처럼 해보기도 하는 거예요. 주위에 아무도 없을 땐 정말로 말소리를 조그맣게 내면서 그렇게 해요. 일단 그런 상태가 되면 그리 간단하게 빠져나오진 못 해요. 이만 여기서 벗어나야지, 하고서 마음먹어도 잘 안돼요. 아주 천천히 돌아오게 되거든요. 시작과 끝이 정반대인 셈이에요. 처음은 갑자기인 것이고 마지막은 상당히 여유만만인 것이니까.

물보라를 일으키며 거칠게 몰아치는 파도가 도저히 통과할 수 없을 만큼 딱딱한 지점에 부딪쳐서 공중으로 일제히 솟구친 다음 산화라도 하듯이 사방으로 흩날리는 물방울들을 만일 눈물 같은 걸로 쳐준다면, 매일 퇴근 후에 갔던 그 콘크리트 구조물 더미 속이 어쩌면 내게는 조금 전에 당신이 표현한 생각의 공간이 되는 것인지도 모르겠다, 하는 생각이 방금 들었어요. 입구에 검은 숲이라고 하는 글자가 써진, 나무로 된 표지판이 세워진 장소. 못 들어오도록 막는, 캡을 눌러쓴 관리자가 없고 괜한 훼방을 놓는 심술꾼도 없는 곳이지만 어느 누구도 쉽사리 발길을 들여놓지 않으려 하는 장소가요. 원래 내 것은 아닌데, 언제부턴가 마치 내 것인 양 여겨지는 공공장소인 것이죠. 그곳에 들어가 있으면 현실에서 있었던 일들은 모두 잊어버려요. 아니 그 말은 정확한 것 같진 않고, 희미해져버리는 것 같아요. 어

✈ 비행기 엔진 소리 또 침을 삼킨 후의 말들

떠한 이유로 심각하게 고민해왔던 일이 있더라도 거기선 그런 문제가 나와는 그리 상관이 없는 일처럼 여겨져요. 아주 강력한 투명 막 같은 게 바깥 세계의 일들이 들어오지 못 하도록 가로막고 있는 기분이었어요. 그 대신에 그곳은 그곳에서만 떠올릴 수 있는 생각들로 채워져요.

그 정도라면 인정 안 할 수가 없겠는걸요.

고마워요.

거리가 조금 떨어져 있다는 게 그런 순간을 만들어내도록 상당한 영향을 미치는 것 같기도 해요. 대화할 사람도 없이 혼자 동떨어져있어야 가능해지는 것 같기도 하거든요. 그래서 홍콩에선 그런 순간들이 꽤 빈번하게 생겨나는 것 같아요. 인파가 몰리거나 관광객들이 자주 보이는 지역만 피하면 거의 완벽하게 떨어져있다는 느낌이 들 때도 있으니까요. 그런 게 편하고 좋다는 생각을 하다가 문득 아, 하나도 변한 게 없구나, 하는 걸 깨달았어요. 난 여전히 중고등학생이었던 시절처럼 혼자 있는 거였어요. 단지 그걸 스스로 받아들이는 방식이 달라졌을 뿐이에요. 그땐 그걸 견디기 힘들었고, 이젠 그럴 필요가 사라졌어요. 만약 한국에 계속 있었더라면 예전 같았을지도 모르죠. 정도는 좀 덜해도 여전히 필요 이상의 긴장 때문에 몸이 뻣뻣했을지도.

  아직 완전하게 사라진 건 아닌 것 같아요. 한번쯤 긴 시간 동안 정착해서 살아보고 싶다는 생각.

  정착할 생각 같은 건 없었어요. 나 같은 경우는 홍콩이라고 해서 딱히 각별하게 느껴졌던 편은 아니었으니까. 옷도 좀 사고 쇼핑도 할 겸 작업을 하러 몇 번 온 게 다였어요. 프랑스에 가기 위해 경유하는 장소에 불과하기도 했었고요. 일부러 환승 시간대를 최대한 늦게 잡아서 공항을 서둘러 빠져나와 택시를 잡아타고 반나절 동안 시내를 바쁘게 돌아다녀보기도 했던 기억이 나요. 그랬는데 우연한 기회에 내 작업이 그곳에 소개가 되고 개인전을 하게 돼서 좀 팔리기도 했어요. 어떤 부분에서 코드가 맞았는지는 지금도 솔직히 나로서도 잘 모르겠는데 암튼 어느 시점부턴가는 국내

✈ 비행기 엔진 소리 또 침을 삼킨 후의 말들

에서보다 오히려 더 호응을 얻게 됐던 것 같아요. 현지에서 활동하는 평론가들도 예상했던 것보다 훨씬 후하게 글을 써주었고. 그래서 이젠 프로필 같은 데에도 이곳을 기반으로 작업 활동을 하고 있다는 대목을 꼭 집어넣는 편이에요.

책처럼 넘기면서 보는 게 가능한 형태로도 있는 건가요? 미술 전시회의 도록처럼.

보통은 그렇게 사진집으로 먼저 내고 그중에서 대표작을 추려서 멀리서도 눈에 띌 만한 크기로 만든 다음 개인전을 열어요.

도착하면 서점부터 들러서 찾아볼게요. 홍콩을 기반으로 활동하는 한국인 사진작가가 많은 수는 아닐 것이고, 그리고 설령 여러 명이라고 하더라도 보면 바로 알 수 있을 것 같아요. 당신과 분명 닮았을 테니까.

그런 일이 일어나게 된다면 좋겠어요.

정말 그럴 것 같은데요.

나도 원해요. 그렇지만 좀 어려울 거예요.

그럴 수도 있겠죠.

사진 작업하는 사람들이라면 다들 바라

는 일일 거예요. 사진만 보고도 이게 누구의 작품이라는 것을 바로 알게 되는 것을요.

그렇군요.

보통은 이런 경우에 간단하게 이름을 물어볼 텐데. 그럼 이름을 알려줘. 내가 서점에 가면 네 이름으로 된 사진집을 한번 찾아보게. 가령 이런 식으로 말이죠.

그런가요.

안 그런가요? 대부분은 그럴 거라는 생각이 드는데.

난 그런 게 이상하게 잘 안돼요.

대화는 얼마든지 하면서 말이죠?

완전히 다른 종류의 말 같아요. 이름이 뭔가요? 애인이 있나요? 결혼은 했어요? 어디에 사세요? 무슨 일을 하시나요? 이런 것들은 내가 하고 싶은 말들에 포함돼 있지 않아요. 멀리 떨어져있는 다른 세계에 그것들은 살고 있어요.

추락하면 어느 쪽 손으로 내 오른손을 잡아달라고 했는지 기억하나요?

왼손이었어요. 당연히 기억하고 있어요.

비행기 엔진 소리 또 침을 삼킨 후의 말들

당신은 자신에게 있었던 일들을 나한테 들려줬어요. 계주 선수가 바통을 이어받듯이 자연스럽게 나 역시 나의 어린 시절부터 있었던 일들을 당신한테 들려주게 되었고요.

그랬어요.

이름도 모르는 채. 누군지도 모르는 채. 옆자리에 앉은 사람이 악명 높은 킬러일 수도 있는 거였다구요.

그래서 아무래도 잘 안 될 것 같았어요. 그래도 만에 하나 대화가 그럭저럭 이어지게 된다면 아주 다행한 일이 될 거라고 생각했거든요.

전부 기억날 것 같은데요. 한동안은. 어쩌면 아주 오랫동안이요.

그렇다면 다행이에요.

잠을 달아나게 하기 위해 아주 독한 커피를 한 잔 주문해서 손에 들고 골똘히 작업을 구상하며 빠른 걸음으로 행인들 어깨를 피해 보도블록 위를 걷다가도 문득 이 순간들을 떠올리게 되리라는 예감이 들어요. 그럼 걸음이 한없이 느려지고 방금까지 하고 있었던 치열

한 작업구상을 한쪽 구석으로 조용히 밀어놓고서, 그날 위잉, 하는 엔진음이 낮게 깔린 비행기 안에서 우연하게 내 옆자리에 앉아서 헤드폰을 목에 끼우고 스노보드용 글로브를 만지작거리고 있었던 어떤 초면인 탑승객과 이따금씩 침을 삼켜가면서 앞뒤에 앉은 다른 사람들에겐 일절 들리지 않을 크기로 조심스럽고 신중하게 서로가 각자 지니고 있었던 숨겨왔던 말들을 어느 정도는 나눠가졌던 기억으로 오늘 있었던 일을 떠올릴 것만 같아요.

뭔가 오해가 있는 것 같은데, 꽁꽁 감추고 있었던 말들이 아니었어요. 누구에게라도 할 수 있거든요. 예를 들어 동전 두 개를 손에 쥐고 학교 앞 문방구에 미니 피규어 장난감 뽑기를 하러 온 꼬마였더라도.

호오. 그런 거였군요.

얘, 뽑기를 하는 동안에 잠깐만 내 얘기 좀 들어줄래? 하고서 말이죠.

당신의 깊은 지점에 들어가 있었던 말들을 하나씩 꺼내서 내가 잘 볼 수 있도록 조심히 보여주지 않았다면 나 역시 그랬을 거예

✈︎ 비행기 엔진 소리 또 침을 삼킨 후의 말들

요. 그랬다면 완전하게 달라졌겠죠. 으레 낯선 사람들끼리 할 법한 형식적인 말들 몇 마디만 주고받고 더 이상 얼굴을 쳐다보거나 눈을 마주치지 않고 각자 정면을 향해 똑바르게 앉아, 하고 싶은 것을 알아서 하는 모습이었을 거예요. 영화를 본다거나 음악을 듣는다거나 잠을 잔다거나, 창밖만 응시한다거나 해서요.

그리고 햇빛 가리개를 최대한 위쪽으로 올려놓고 사진을 찍었을 수도 있을 테죠.

자연스럽게 나오려면 언제나 최대치가 안 되게 하는 편이 나아요.

바로 정정할게요. 햇빛 가리개를 졸음이 쏟아지는 대입 수험생의 눈꺼풀 같이 절반쯤 내려놓고 사진을 찍었을 수도 있을 거예요.

훨씬 나은데요.

기억할게요.

문득 지금 이대로 작업을 해보면 어떨까, 하는 생각이 들어서 논리와 이성을 담당하는 정신적인 면이 완전히 돌아오길 기다리지 않고 약간은 감정적인 기분이 아직 남아있는 상태로 수동식 필름 사진기를 손에 들고 셔러를 눌러본 일이 있어요. 동그랗고 조그만 렌즈 속에 맺히게 되는 상이 구조나 비율 같이 논리적이거나 이성적인 부분에 있어선 몹시 약한데, 그건 그것 나름대로 봐줄 만한 요소가 들어가 있는 것 같았거든요. 인화해서 작업실 책상에 올려놓고 스탠드에 비춰 가만히 들여다보고 있었는데 렌즈를 통해 본 화면에서 내가 느꼈던 게 틀리지 않았다는 기분이 들었어요.

원형이었던 것과 비슷했나요?

모르겠어요. 아마 아닐 거예요. 느낌상으론 완전하게 동떨어져있는 것 같았거든요. 기분과 감정이 들어가 있고 또 아무도 알지 못하는 나만이 가진 기억이 그 안에 들어가 있는 것 같았고요. 과거의 일만큼은 철저하게 숨겨져 있기 때문에 다른 사람들은 그걸 발견하지 못 한다고 해도 난 분명하게 알아볼 수 있어요. 그게 어떤 것이고 어떤 의미라는 것을. 그건 사진집에 싣지 않았고 세련되게 틀을 만들어서 전시회에 내걸지도 않았어요. 앞으로도 발표할 일은 없을 거예요. 비록 내가 직접 찍은 것이긴 해도, 솔직히 말하면 그건 확실히

비행기 엔진 소리 또 침을 삼킨 후의 말들

프로 작가의 솜씨로서는 창피한 수준이었어요. 불완전하고 미완성인 상태라고 <u>스스로도</u> 인정할 수밖에 없어요. 너무 감정적이고 기분에 휘둘린 티가 났거든요. 그래도 만날 수 있었어요. 예를 들면 별로 마주하고 싶지 않았던 나의 예전 모습 같은 것들이요. 내 안에 아주 깊숙하게 들어가 있던 옛 친구를 말이에요.

15

한 직장에 매이지 않고 의뢰가 있을 적마다 여기저기 옮겨 다니면서 내가 익힌 기술로 일을 하는 게 나한테는 꽤 맞았어요. 소속이 확실한 것에 비해선 안정돼 있다고 보긴 아무래도 힘들지만 그만큼 하고 싶지 않은 일은 굳이 안 해도 돼서 좋았죠. 남는 시간엔 영화를 보거나 스노보드를 타면서 여가도 즐길 수 있을 정도는 돼서 프리랜서로 살아가는 게 대체로 만족스러웠어요. 하지만 그렇다고 해서 모든 게 충분했던 건 아니에요. 어딘가에 연결돼있다는 기분은 특히 좀 느끼기 어려웠어요. 소속감이랑은 다른 것 같아요. 그런 건 학창시절에도 충분히 경험해봤었으니까. 또 원하기만 하면 전속으로 계약하는 게 어려운 편도 아니고요. 실제로 그런 시도를 한 적은 없지만 마음만 먹는다면 누구에게도 연락을 하지 않고 또 전혀 받지 않고 당분간 지내는 것이 가능하겠다는 생각을 해본 일이 있었어요. 생일이 돌아오면 나한테 오는 연락이라곤 아주 오래전에 회원으로 가입해뒀던 패밀리 레스토랑에서 보내온 축하 메시지가 전부라고 하면

비행기 엔진 소리 또 침을 삼킨 후의 말들

믿기지 않을지도 몰라요. 하여간 이런 식으로 전달돼요. 어디어디에서 고객님의 생일을 진심으로 축하합니다. 그러고는 끝. 자정이 지날 때까지 단 한 통도 소식이 없어요. 근데 믿을 수 없는 그 일이 이 세상에 아직 살고 있는 어떤 누군가에게는 그냥 현실인 거예요. 그럼 난 핸드폰에 떠오른 그 메시지를 보고서 이렇게 대답하곤 해요. 고맙습니다! 기분이 좀 나을 때는 차분한 목소리로, 별로일 때는 아주 큰소리로. 이렇게 돼버렸지만 아무도 원망할 순 없어요. 최소한 관계에 대해서만큼은 내가 선택한 결과 같은 일인 것이고 스스로 자초한 것이니까. 만약 책임을 물어야 할 대상이 있다면 그건 나 자신이 될 테죠. 파도가 넘쳐서 인명사고가 생기는 걸 사전에 막기 위해 여러 겹으로 구축해놓은 인공구조물 더미 속에 잘 만하면 들어가 볼 수도 있다는 건 그 즈음에 알게 됐어요.

이건 아마 사람마다 다 다를 거라고 생각하는데 누군가와 만나게 됐을 적에 난 왠지 모르게 어딘가 나와 닮은 점이 있다는 게 느껴지는 사람이 훨씬 더 반가워요. 알아 가면 알아갈수록 말예요. 첫눈에는 확실하게 나와 닮은 것 같다고 짐작했다가도 같이 다녀보거나 대화를 하다가 보면 그렇지 않은 경우가 자주 생기거든요. 그럼 실망하게 되는 것 같아요. 내가 먼저 잡은 손을 놓거나 아니면 그쪽에서 손을 놔버린다고 해도 어쩔 수 없는 일이라고 여기게 돼요. 교제를 하는 중이든 비즈니스로 만나고 있는 사람이든 자기 자신과 다르기 때문에 더 마음에 든다고 하는 부류는 내 말을 이해하기 힘들 수도 있을 테죠.

    처음엔 헤드폰이 고장나버린 줄로만 알았어요. 블루투스 기능을 켜놓았다고 해도 다른 전자기기와 연결시키지도 않은 상태에서 정체가 불분명한 어떤 소리가 났으니까 말예요. 당장 내일이라도 퇴근 후에 그것을 구입한 오디오 매장에 가져가봐야 하겠어, 라고 마음은 먹었으면서도 어쨌거나 그날만큼은 벗어버리지 않고 계속 그걸 쓰고 있었어요. 그곳에 머무는 동안에요. 몇 시간 동안. 대체 어떤 소리를 들을 수 있는 것인지 궁금했었던 거였나 봐요. 그러고는 다음날이 되었는데 가지 않았어요. 들를 수 있는 시간은 충분했는데도요. 그 다음날도 매장을 방문하지 않았고요.

어쩌다 보니 시기가 어울리도록 맞아떨어졌지만 내심 새로운 장소를 찾을 수 있길 간절하게 원하고 있었어요. 어떻게든 내가 오랫동안 머물렀던 공간에서 멀리 떨어져 있고 싶었거든요. 전부터 그런 생각이 조금씩 있긴 했지만 선생님으로부터 그날 연락이 온 뒤부터는 훨씬 더 강하게 변해버렸어요. 그것부터 해결하지 않는다면 작업도 손에 잡히지 않을 것 같은 마음 상태. 잘 모르겠어요. 내가 가지고 있었던 기억들을 그럴 수만 있다면 전부 지워버리고 싶었던 것 같아요. 그런 건 사실 불가능한 일이지만. 이곳에선 적어도 겉으론 모든 걸 새롭게 시작할 수 있었어요. 한국에선 해산물을 좋아하는 편이 아니었는데 원래 즐겨왔던 것처럼 사람들과 만나서 식사할 일이 있으면 꼭 그런 걸로만 시켰어요. 원피스보다는 투피스나 아니면 운동화를 신고 셔츠에 진을 자주 입었었는데 그것도 일부로 바꿨고요. 오랫동안 유지하던 헤어스타일마저도요. 평소엔 어차피 온종일 콘택트렌즈를 끼어서 안경 쓴 모습을 다른 사람들에게 아예 보일 일도 없을 텐데 컬러나 테 스타일도 한국에 있을 때와는 완전히 다르게 해서 맞췄어요. 나한테 어울리는 게 중요한 게 아니라 우선은 변한 모습을 가지는 게 필요했거든요. 마치 내 자신에게 나를 속이는 것처럼 말이죠. 내 자신조차 나를 보고서 고개를 갸웃거리며 어리둥절하게 만들려는 것처럼요.

    그래, 이런 것이었다면 내 쪽에서 더 철저하게 떨어져주지, 하면서 그 안으로 들어갔던 거였어요. 나름대로는 용기를 내서 꽤나 필사적으로. 내가 아는 한, 당장 접근할 수 있는 가장 멀리 떨어진 장소로. 인공구조물 더미 속으로 들어가서 대강 적당한 지점에 걸터앉은 뒤에 주위를 한번 둘러보고 나서 그런 생각을 했던 것 같아요. 이 정도면 내가 살아오던 곳에서 상당히 멀리 떨어져 나와 버린 셈이겠네, 하는 거였어요. 어쩌면 외국으로 향하는 비행기에 올라탄 것보다도 어떤 의미에선 훨씬 더

✈ 비행기 엔진 소리 또 침을 삼킨 후의 말들

멀리 떠나온 기분이었죠. 날이 점점 어두워져 가는 것을 같은 자세로 가만히 바라보고 있고 바람이 내 몸을 통과하는 것을 느끼고 또 아주 멀리서 밀려온 파도가 방파제에 부딪쳐서 내는 소리를 듣고 있으면 마음이 편안해졌어요. 가끔은 갈매기가 놀러올 때도 있었고요. 혹시 어쩌면 원래는 갈매기들이 잠시 머무르면서 브루고뉴 지방산 레드와인을 한 잔씩 하고서 떠나가곤 하는 그들만의 숨겨진 별장 같은 공간이었는데 몹시 미안한 일일 테지만 내가 허락도 맡지 않고 한 자리 차지해버린 것이었을 수도 있고요. 그래도 눈치로 봐선 반갑게 환영해주는 것 같았어요.

몸과 손발에 닿는 것들을 바꾸는 건 내가 원하기만 하면 대부분은 가능했지만 한 가지는 내 마음대로 되지 않았는데요. 기억이었어요. 그것만큼은 난데없이 불쑥 튀어나와 나를 깜짝 놀라게 만들곤 했어요. 근데 약간 달라진 점도 있는 것 같긴 했는데, 예전처럼 마냥 싫지만은 않은 느낌이라고 해야 하나, 하여간 황급히 양손을 휘저어서 눈앞에서 사라지게 만들고 싶진 않았어요. 그냥 조금은 더 길게 정면으로 마주한 상태로 있어보는 것도 생각보다는 괜찮았던 것 같아요. 그런 건 떠나오기 전엔 아예 있을 수 없는 일이었거든요. 그때 왠지 모르게 그럴 것 같다는 낌새만 느껴져도, 그러니까 단단한 뼈가 못 견디고 으스러질 만큼 꽁꽁 봉인된 채로 반드시 몸속 가장 깊은 지점에 들어가 있어야만 하는 과거에 관한 기억이 스르르 하며 쇠사슬을 끄는 소리만 희미하게 내도 나는 어서 그 상황에서 빠져나오려고만 했었으니까. 아무데나 초점을 맞춰서 셔터를 누른다거나 다이어리를 꺼내 한 주간의 스케줄 표를 확인한다거나 하다못해 맥도날드로 곧장 들어가서 지어보일 수 있는 가장 활짝 웃는 얼굴로 바닐라 아이스크림이라도 주문한다거나 하여서 말이에요. 그런데 이곳에 오고 나서는 그런 게 어느 순간 완전히 사라졌어요. 처음엔 그저 어쩌다 한 번이겠거니 여겼다가 몇 번 더 그런 일이 생기고 나서부턴 제법 순순히 받아들이게 됐어요. 아아 이젠 다 끝나버린 것일지도 모르는 일이구나, 하고서.

✈ 비행기 엔진 소리 또 침을 삼킨 후의 말들

그러고 나서 얼마 지나지 않아서 찍어봤던 거였어요.

창피한 수준의 사진이군요.

그래요.

그 사진이 바닥에 떨어져 있고, 우연히 내가 지나가다가 그것을 발견하게 된다면 주워서 지갑 속에 끼워 넣고 싶어질 것 같아요.

먼지도 없이 말끔하고 아주 눈에 잘 띄는 쪽으로 내려놓을게요. 혹시 보게 된다면 집어가도 돼요. 모든 걸 정지시켜버리는 그 순간은 또 올 거고 그때도 카메라를 손에 들고 셔터를 누르면 같은 사진을 얻게 될 거예요. 풍경이나 사물 같은 걸으로 드러나 보이는 것들은 완전하게 다르다 할지라도 말이죠.

이름 같은 건 어디에도 표시돼 있지 않아도 그 사진이라면 누가 찍은 것인지 한눈에 알아볼 수 있을 것 같은데요.

그럼 좋겠네요.

그날 있잖아요. 철컥, 하며 소리를 내는 구형 사진기를 가졌던 사람과 그 장소에서 긴 시간동안 머물렀어요. 테트라포드에서 거리가 멀리 떨어져 있는 곳이 상당히 뚜렷하게 시야에 잡히는 시간까지였어요. 나는 그 사람이 소중하게 여기고 있는 게 확실한 것 같은 사진기를 건네받았고 그 사람은 내가 가진 것들에 손을 댔어요. 블루투스 헤드폰을 쓴 채로 양손에는 글로브를 껴보았던 거예요. 서로가 가지고 있었던 것들을 바꿔봤던 거예요. 꽤나 무겁기도 했고 그냥 사진기를 조심스럽게 만지작거리기만 하고 있었는데 그런 날 보더니 막 찍어도 된다고 하더라고요. 그래서 내가 바로 대꾸했죠. 여태 당신은 무척이나 아주 가끔씩만 찍는 것 같았는데 어떻게 내가 그럴 수 있나요, 라면서. 어쨌거나 잘 찍을 자신 같은 건 하나도 없긴 했지만 그래도 한 장은 남기고 싶었어요. 뭐라고 해야 되나요. 그러니까 일종의 증표 같은 걸로.

    그 사람은 그 사진을 가지고 있겠군요.

    이게 뭐야, 하며 탁 치워버려도 할 말이 없다고 생각했어요. 보나마나 아주 형편없었을 테니까요. 혹은 필름 통 안에 영원히 잠들어 있게 된다거나. 그날 있었던 일을 떠올리면 바로 며칠 전까지도 그랬던 거였는데 이젠 달라져버렸어요. 그 사람이 내가 찍은 사진을 탁, 하고서 치워버리지도 않았고 필름 통을 서랍에 처박아둔 것도 아니라는 것을 알게 됐거든요. 그 장소에는 내 자리가 있어요. 표시를 해놓는 것이 아니고, 사실 누군가 먼저 차지해버리면 비켜달라고 주장할 수도 없는 처지이긴 하지만 그래도 항상 깨끗하게 비워져 있기 때문에 난 테트라포드 더미 속으로 들어가면 일단 그 자리에 걸터앉게 돼요.

같은 자리를 좋아하는군요. 그 영화관에서처럼.

몇 번째였는지 기억해내는 건 어려울걸요.

스크린을 기준으로 삼으면 앞에서 세 번째. 출입구 쪽에선 한 칸만 들어간 자리.

유럽에 여행을 갔을 때였는데 콘서트홀에서 어떤 피아니스트가 악보를 전부 외워서 치는 걸 보고 놀란 적이 있어요. 한 시간은 되었던 것 같은데.

수월한 일이 아니긴 해도 어떤 악기를 다루던 간에 연주자들에게 그건 지극히 기본

기에 속하는 부분이라고 하면 놀라고 말겠는걸요.

내 자리라고 불러도 갈매기 말고는 시비 걸 존재가 없으니 그냥 그렇게 내 맘대로 정해도 되는 것이라면 뭔가가 내 자리에 놓여 있었어요. 투명한 케이스에 담겨서. 가까이 다가가서 집어 들었는데 보자마자 바로 알아봤어요. 그날 그 사람의 사진기를 가지고서 내가 찍었던 장면이라는 걸. 반갑기도 하고 신기하기도 하고 한편으론 실망스럽기도 했던 것 같아요. 아무리 잘 봐주려고 해도 너무 못 찍은 것처럼 보였거든요. 한마디로 그냥 엉망. 그래도 그 정도까진 아닐 줄 알았는데 실물을 막상 대하니 아닌 게 아니었던 거죠. 파도가 몰아쳐도 그곳까진 여간해선 물이 잘 튀지 않지만 가끔씩 불규칙하게 솟아오를 때가 있어요. 그럴 땐 벌새 중에서도 최우등생이 아닌 이상 피할 수가 없고요. 조금은 물에 젖은 비닐을 벗기고 덮개를 열어서 사진을 꺼냈습니다. 처음엔 한 장인 줄로만 알았는데 바로 뒤에 하나가 더 담겨있었어요.

✈ 비행기 엔진 소리 또 침을 삼킨 후의 말들

두 장이었던 것이군요.

꼭 한 장인 줄 알았어요.

사이즈가 똑같은데다가 완벽하게 포개져있어서 알아채지 못 했던 거였나 보군요.

지금 가지고 있어요. 그러니 보고 싶다면 보여줄 수 있어요.

당연히 너무 보고 싶은데요.

어느 쪽인지 말해줄래요. 앞쪽과 뒤쪽 중에서 말예요.

개인 전시회 일로 갤러리 관계자 두 사람과 식사를 한 일이 있었어요. 근처 이탈리안 레스토랑에서 셋이 점심을 먹었던 거였죠. 각자 리조또나 파스타를 시켰고 팬 피자는 함께 나눠먹으려고 중간 사이즈로 한 판만 시켰는데 나온 걸 보니까 올리브가 잔뜩 올라가 있더라고요. 지금은 좀 나아지긴 했지만 그때 난 올리브를 좋아하는 편이 전혀 아니었는데 말이에요. 나 때문에 일부러 주문한 거니까 적어도 한 조각은 먹어야 해서, 일단 덜어서 접시에 올려놓긴 했는데 올리브들이 나를 노려보고 있는 것 같았어요. 그래서 포크로 잽싸게 그것들만 다 찍어서 먼저 해치워버렸어요. 그러고서 느긋하게 나이프로 피자를 먹기 좋게 잘라서 입속에 집어넣었죠. 훨씬 낫더라고요.

여기 있어요. 크고 납작한 올리브.

왠지 이럴 것 같았는데.

몹시 안타까운 일일 테지만 그 사람이 찍은 것만 가지고 있어요. 그러니까 올리브가 모조리 뽑혀나간 피자 조각인 셈인 거죠.

알고 있었어요?

몰랐어요.

당신이 다른 쪽으로 고개를 돌린 틈을 타서 셔터를 눌렀네요. 들키지 않으려면 아마도 아주 순간적이었겠죠. 그런데도 안정돼 있고 흔들림 같은 건 찾기 힘들어요. 그런 상황에선 얼마 되지 않는 빛을 조절하는 게 쉬운 일이 아니었을 텐데.

활주로가 보여요. 양쪽 가장자리에는 불빛이 반짝거리고요.

아주 어두워요.

창문을 내다보지도 않고 있으면서 잘도 맞추는군요.

✈ 비행기 엔진 소리 또 침을 삼킨 후의 말들

글로브는 포개서 한 손에 든 채로 헤드폰을 머리에 쓴 모습. 고개를 돌리고 있어서 어디를 바라보고 있는지는 알 수 없지만 아마 시선은 아주 먼 곳을 향하고 있는 것일 테죠.

덕분에 평소 이런 모습으로 있는구나, 하는 걸 알게 됐어요.

그래요.

이젠 정말 가능하면 창문으로 멀리 떨어져 있는 쪽을 바라봐야 할 순간인 것 같은데요. 가능하면 풍선 열기구처럼 생긴 구름을 찾아서 말이에요. 아니면 지지직거리는 마이크를 여전히 사용 중인 관제탑 쪽으로 시선을 주던가요.

바삭하게 구운 피쉬앤칩스와 얼어버릴 정도로 차가운 맥주를 주문할 수 있는 화려하게 꾸민 루프탑 카페도 어딘가에 보일지 모르죠.

알겠어요. 한번 찾아볼게요.

간신히 엉덩이를 의자에 붙이고 앉아서 교양수업을 들었던 날에 그 사진을 보고서 나도 모르게 입 밖으로 탄성을 내고 말았어요. 실은 그렇게 큰 소리가 아니었을 텐데 강의실이 워낙 조용했어요. 그래서 주위에 있던 학생들이 다들 내 쪽으로 고개를 돌리는 바람에 얼굴이 완전히 달아오르고 말았어요. 교제 중이었던 애도 그런 내가 창피했는지 얼굴을 책상에 파묻듯이 푹 숙였고 선생님은 입술을 다문 채 미소만 살짝 지어보이셨고요.

그랬군요.

네.

왼손을 오른손으로.

일부러 그런 거 다 알거든요.

이제야 쳐다보는군요.

이름은 정선엽입니다. 서울에 살며 소설을 쓰고 있습니다. 당선되었거나 수상했던 적 없이 혼자서 활동을 시작했습니다. 원고 작업을 마치면 디자인을 의뢰하고 소량으로 인쇄한 책이 나오면 서점에 메일로 문의하여 답변 받은 수량만큼 입고하는 방식으로 줄곧 발표해오고 있습니다. 장편을 주로 쓰지만 단편이나 분량이 매우 적은 초단편을 작업하기도 합니다.

비행기 엔진 소리 또 침을 삼킨 후의 말들

초판 1쇄 발행 2023년 11월 3일

지은이 정선엽 sunyeopee@gmail.com
디자인 스튜디오 에디트 @studi0_edit
ISBN 979-11-971038-3-4 (02810)
정가 13,000원

이미지 Krzysztof Kowalik on Unsplash
일러스트 macrovector on Freepik

ⓒ 정선엽 All rights reserved. Printed in Seoul, South Korea 2023